Heinrich Laube

Prinz Friedrich

Schauspiel in fünf Akten

Heinrich Laube

Prinz Friedrich
Schauspiel in fünf Akten

ISBN/EAN: 9783743630437

Hergestellt in Europa, USA, Kanada, Australien, Japan

Cover: Foto ©Andreas Hilbeck / pixelio.de

Weitere Bücher finden Sie auf **www.hansebooks.com**

Prinz Friedrich.

Schauspiel in fünf Acten.

Von

Heinrich Laube.

Zweite Auflage.

Leipzig

Verlagsbuchhandlung von J. J. Weber

1875

Prinz Friedrich.

Schauspiel in fünf Acten.

Perſonen.

König Friedrich Wilhelm I.

Königin Sophie Dorothee.

Kronprinz Friedrich.

Prinzeſſin Wilhelmine.

Generalleutnant und Miniſter von Grumbkow.

Feldmarſchall Graf von Wartensleben.

Generalmajor von Buddenbrock.

Leutnant von Katte.

Page von Kait.

Eversmann, Kammerdiener und Leibchirurg des Königs.

Müller, Feldprediger.

Lerche,
Finkemann, } Corporale.
Doris Ritter.

Eine Hofdame. Ein Oberſt. Ein Hauptmann. Ein Leutnant.
Ein Auditeur. Soldaten.

Ort und Zeit: Schloß zu Berlin 1730.

1 *

Erster Act.

Gallerie.

Im Hintergrunde quervor ein offener Säulengang, der nach hinten nur durch ein Geländer geschlossen ist. Ueber dies Geländer sieht man ins Freie und zwar in einen Schloßhof, so daß der fernste Hintergrund durch Schloßgebäude begrenzt erscheint.

Links und rechts inmitten der Coulissenreihe Vorhangsthüren von schwerem Stoffe, die von der Decke bis zum Boden reichen. — Keine Möbel.

Erste Scene.

Katte, Doris.

Katte

(von rechts hinten im Säulengange rasch eintretend und bis in die Mitte des Säulenganges vorschreitend. Dort sieht er sich einen Augenblick um und wendet sich dann mit dem Antlitze nach der Seite zurück, von welcher er gekommen, mit lauter Stimme dorthin sprechend).

So kommt doch getrost! Es ist kein Mensch in der Nähe. Ich eile, Euch bei der Prinzessin melden zu lassen.

(Er tritt aus dem Säulengange herein und geht zur Vorhangsthür links*. Den Vorhang zurückschlagend sieht er hinein, nickt und winkt, als ob er Jemandes ansichtig würde, und tritt hinein.)

* Links und rechts immer vom Zuschauer aus.

Doris

(kommt schüchtern eben denselben Weg in den Säulengang, als Katte hinter der Vorhangsthür verschwindet, und schreitet zögernd bis an die Stelle, wo Katte zuerst stehen geblieben ist. Sie sieht sich ängstlich um).

O Gott, ich wag' es nicht! Fänd' ich nur den Rückweg sicher, ich eilte von dannen.

Katte (wieder durch die Vorhangsthür heraustretend).

Vorwärts! vorwärts, junge Schöne, Ihr seid der Prinzessin gemeldet.

Doris (auf ihrer Stelle bleibend).

O Herr von Katte, führen Sie mich zurück, ich ängstige mich zu sehr.

Katte (lachend).

Wunderliches Kind, wovor denn?

Doris.

Vor dem Könige, vor Jedermann, der mir begegnen könnte; es ist mir, als ob ich auf einen Abgrund zuschritte.

Katte (bis an den Säulengang ihr entgegenschreitend).

Narrensposen! Hier ist guter, fester Boden eines steinernen Schlosses und nirgends ein Abgrund — und da meine Hand zum Schutze! (Er streckt sie ihr zu.) Ergreift sie und tretet herein, dort außen in der Gallerie werdet Ihr viel eher gesehen als hier im Vorzimmer!

Doris

(ohne seine Hand zu ergreifen tritt, erschreckt sich umsehend, mit einigen raschen Schritten ein).

Wenn der König käme!

Katte.

Vor dem fürchtet Ihr Euch so entsetzlich?!

Doris.

Entsetzlich. Er soll so heftig sein.

Katte.

Freilich! D i e Gewitter aber sind nicht die gefährlichsten, welche am ärgsten donnern. Wenn Jemand seine Begegnung hier im Schlosse zu fürchten hätte, so wäre i c h's vor Allen; auf mich hat er ein verzweifelt schlimmes Auge! Ich hab' aber keine Lust, mich zu fürchten.

Doris.

Ihr seid ein Mann, und seid — verwegen.

Katte.

Sei's auch, Mädchen, man kommt sonst zu nichts in der Welt! — (nach links hin horchend) Da geht eine Thür (Er tritt an die Vorhangsthür links und schiebt den Vorhang ein wenig zurück, um hinein zu sehen.) Noch nicht.

Doris.

Führen Sie mich zurück, Herr von Katte, und übergeben Sie das Papier von meinem Vater an den Kronprinzen.

Katte (noch am Vorhange).

Ihr seid doch nicht blos des Papiers wegen aus Potsdam herübergekommen —!

Doris.

Doch!

Katte.

Ihr sollt ja die Junia spielen in unserm Britannicus.

Doris.

Nein, nein.

Katte
(den Vorhang fallen lassend und zu ihr kommend).

Curiose Blödigkeit, die ich gar nicht an Euch kenne. In Potsdam verkehrt Ihr ja unbefangen mit der Prinzessin und dem Prinzen.

Doris.

Dort bin ich daheim, dort sind die Herrschaften auf dem Lande und kommen in meines Vaters Haus — hier aber bin ich fremd und mein Vater ist fern. Ich wäre auch niemals allein herübergekommen, wenn er nicht krank darnieder läge und diese Schrift nicht schnell und sicher in die Hände des Kronprinzen gebracht sehen wollte. Der Stallmeister hat uns gestern erzählt, daß der Prinz wieder in bösen Streit gerathen sei mit dem Könige, und da hat mir Papa bis tief in die Nacht hinein diese Schrift dictirt. Sie wird den König versöhnen, meint er, wenn sie der Prinz gutheißt und übergiebt.

Katte.

Wasser und Feuer versöhnen!

Doris.

Deshalb nur hab' ich mir erlaubt, Sie rufen zu lassen. Warum hören Sie denn nicht auf meine Bitten?! Warum nöthigen Sie mich so hastig hier herauf?! Geben Sie dem Prinzen die Schrift mit dieser Erklärung und führen Sie mich hinweg, Herr von Katte. Ich gehöre nicht hierher, und es ist nicht gut, wenn man sich unberufen zu vornehmen Leuten drängt.

Katte.

Larifari! Sie sind Menschen wie andere, und wer sie gewinnt, der gehört zu ihnen. Das unnütze Papier da müßt Ihr dem Prinzen selber geben und wir brauchen Euch zu unserm Schauspiel. Die Prinzessin hat längst das römische Gewand für Euch bereit, und erwartet Euch mit Ungeduld — da kommt sie! (Zum Vorhange eilend und hinaus= blickend.) Richtig! (Den Hut abnehmend und indem er den Vorhang noch weiter öffnet, sich verbeugend.)

Doris (desgleichen).

———

Zweite Scene.

Prinzeß Wilhelmine. Die Vorigen.

Wilhelmine (in der Thür).

Leichtsinniger Katte, was wagt Ihr! Am hellen Tage!

Doris.

Seht Ihr!

Wilhelmine.

Doris! Sieh da, meine kleine Doris ist hier! (Sie geht zu ihr und küßt sie auf die Stirn.) Willkommen in Berlin! Hat Dir der Stallmeister ausgerichtet, daß Du kommen sollst, um mitzuspielen?

Doris.

Ja, Hoheit, aber nicht deswegen —

Wilhelmine.

Freilich, in diesem Augenblicke kann nicht von Komö-
dienspiel die Rede sein! Ihr findet uns in der peinlichsten
Angst! (Nach hinten gehend, wo sie über das Geländer in den Hof hinabsieht, und schon im Hingehen zu Katte sprechend:) Kommt Ihr von der
Brücke oder von der Stechbahn herauf?

Katte.

Von der Brücke, wohin mich Demoiselle Ritter bestellt
hatte.

Wilhelmine.

Man kann auch von hier nichts wahrnehmen — (zurückkommend) — dann könnt Ihr im Heraufsteigen ebenfalls
nichts gesehen haben; sie sind (auf links hindeutend) im andern
Hofe. (vor Katte stehen bleibend) Mir scheint, Sie wissen von
gar nichts — ?!

Katte.

Von nichts Neuem, gnädigste Prinzessin —

Doris.

Königliche Hoheit?

Wilhelmine.

Sonst wäre es doch auch unbegreiflich, daß Sie in
Uniform bei lichtem Sonnenscheine über die Gallerien dieses Schlosses einherspaziert kämen.

Katte.

Königliche Hoheit?

Doris.

Königliche Hoheit?

Katte.

Ich bin einige Tage über Land gewesen (leise) meine Relais zu besichtigen.

Wilhelmine.

Es ist wieder ausgebrochen zwischen dem Kronprinzen und dem Könige —

Katte.

So hab' ich gehört —

Wilhelmine (zu Katte).

Und Ihr Name ist dabei nicht vergessen worden. Der Kronprinz hat wieder unbedachtsam gespottet. Man hat von dem halleschen Professor Wolf gesprochen, den der König vor einigen Jahren über die Grenze gejagt bei Strafe des Stranges, und der hämische Grumbkow fragt den Prinzen: was er denn aus solch einem gottlosen Philosophen gemacht hätte? Ich hätt' ihn zum Minister des Unterrichts in meinem Reiche gemacht! erwidert Friedrich so laut, daß es der König hört, und nun stand natürlich der ganze Streit über den Katechismus wieder in Flammen —

Katte.

Nun?

Doris.

So hat der Stallmeister bei uns erzählt!

Wilhelmine.

Zwei Tage lang hat der König geschwiegen und weder mit uns, noch mit Friedrich ein Wort geredet, es war ein furchtbares Schweigen, und heute, als wir von Tafel aufstanden, hat er es plötzlich gebrochen —

Katte.

Und —?

Doris.

Oh!

Wilhelmine.

Um fünf Uhr solle Fritz unten im Schloßhofe sein, wo er den König und den ganzen Generalstab finden werde.

Doris.

Es schlug fünf, als wir ins Schloß traten!

Katte.

Ja.

Wilhelmine.

Seit einer Viertelstunde fast sind sie unten und wir sind in unaussprechlicher Angst.

Katte.

Was kann er ihm denn anhaben?

Wilhelmine.

Was? Alles! Wer mag den Zorn und die Gewaltsamkeit des Königs berechnen!

(Kurze Pause.)

Katte.

Nun denn, um so besser!

Wilhelmine.

Katte!

Doris.

Herr von Katte!

Katte.

Es ist besser: dieses immerdar schlechtgekittete Verhältniß springt völlig auseinander!

Doris.

Zwischen Sohn und Vater!

Katte (leise zur Prinzessin).

Dann erst wird der Kronprinz Ernst machen mit der Flucht nach England, und erst wenn ich mit ihm in England bin, wird Ihre Heirath, gnädige Prinzessin, mit dem Prinzen von Wales zu Stande gebracht. Hier sind uns Allen die Hände gebunden; außerhalb des hiesigen Regimentes finden wir erst die Stellung, welche uns gebührt oder welche (einen Augenblick zögernd und dann mit Galanterie hinzusetzend) wir wenigstens wünschen.

Wilhelmine (halblaut).

Ihre dreiste Zuversicht ist unverbesserlich, Herr von Katte! (laut) Wissen wir denn, ob der König nicht den Kronprinzen soeben auf eine Festung in Gewahrsam schickt, und damit allen hochfliegenden Plänen ein Ende macht?! Und kann Ihnen selbst nicht in jedem Augenblicke dasselbe begegnen? Ist Ihnen nicht ausdrücklich das Betreten dieses Schlosses untersagt worden?

Doris (sehr schnell).

O mein Gott! und ich bin die Veranlassung geworden, daß Sie es doch betreten haben!

Wilhelmine.

Kann Eversmann, der unermüdliche Spion, Sie nicht entdecken? Kann der König nicht selbst hier heraufkommen, um der Königin Anzeige zu machen, was mit ihrem Sohne, dem Kronprinzen, geschehen sei?

Katte.

Luftiger Wind für unsere Segel! So kommt man vor=
wärts! (Auf die Vorhangsthür rechts zeigend.) Dort ist der Cor=
ridor, der in des Kronprinzen Gemächer führt, wenn die
alten, steifen Spione, mich überraschen wollen. In jenen
Gemächern sind wir verschanzt und sichergestellt gegen die
schwerfälligen Greise. Sollen wir uns fürchten, gnädigste
Prinzessin, wenn der Feind droht? Das Alter ist da, um zu
sterben —

Doris (halblaut, schnell).

Das Alter ist da, um zu lehren!

Katte
(flüchtig auf sie sehend und nach ihrem letzten Worte unveränderten Tons
fortfahrend).

Die Jugend wächst auf, um zu erobern. Dies ist der
ewige Kreislauf der menschlichen Komödie. Das ist keine
Jugend, die nicht wagt und übergreift! Was sie erblicken
kann, das kann sie haben, oder sie ist schwach und blöde.
(Man hört von unten hinten einige Secunden lang den eintönigen Marsch
von Querpfeifen mit einzelnen Trommelschlägen, welcher zum Zapfenstreich
gebräuchlich ist. Kurze Pause. — Alle drei horchen auf.)

Wilhelmine (halblaut).

Da sind sie!

Katte (halblaut).

Dies ist ein Zeichen, daß ein disciplinarischer Act vor=
genommen wird.

Wilhelmine.

Mein armer Bruder!

Doris (nach dem Vorhange links zeigend).

Dort naht Jemand! (sich nach dem Vorhange rechts wendend) Hinweg, Herr von Katte!

Katte.

Dies ist ein Frauenschritt!

Wilhelmine (nach dem Vorhange links hingehend).

Meine Mutter? — Die Königin!

(Vor dem letzten Worte erscheint die Königin, rasch heraustretend, und hinten nach der Gallerie schreitend.)

———————

Dritte Scene.

Königin. — Die Vorigen.

Königin (im Gehen nach hinten ohne sich umzusehen).

Du weißt noch nichts, Wilhelmine? (Sie blickt hinten hinab.)

Wilhelmine.

Nicht das Mindeste, Majestät. Sie müssen unter den Thorweg getreten sein. Man sieht sie auch hier nicht.

Königin.

Soeben marschirten Truppen mit entfalteter Fahne in den andern Hof. (Zurückkommend nach vorn.) Mein Gott, mein Gott, was hat Er vor?! (Katte und Doris erblickend, welche sich unter unbeachteten Verbeugungen nach rechts gegen den Vorhang zurückgezogen haben) Von Katte hier!? Sind Sie rasend, junger Mann?!

Katte.

Majestät! Meine Rückzugslinie (auf rechts deutend) ist ge=
sichert. Der Gegner will uns einschüchtern. Er siegt nur,
wenn wir uns einschüchtern lassen. Kann ich Eurer Ma=
jestät rasch eine Mittheilung machen?

Königin.

Gieb Acht, Wilhelmine, ob Jemand in der Gallerie
erscheint! (Einige Schritte nach dem Vordergrunde schreitend unter einem
Zeichen für Katte, daß er ihr folgen dürfe.) Sie nehmen die Dinge
viel zu leicht, Herr von Katte, vielleicht weil Sie den König
nie in seinem vollen Zorne gesehen. Es ist die einzige
Hoffnung, die ich für meinen Sohn noch hege, daß sein
Vater mehrere Tage gewartet hat, um den Act der Strafe
ins Werk zu setzen. Er ist am Schrecklichsten, wenn er,
durch Widerspruch gereizt, im Jähzorn beschließt. Das
vergessen Sie nie, wenn Sie meinem Sohne und mir
wirklich dienen wollen. (halblaut) Dies potsdamer Mädchen
ist doch unbedenklich —?

Katte (leise).

Es ist des Rectors Ritter Tochter, und —

Königin.

Ich kenne sie.

Katte (leise).

Treu wie Gold für Alles, was den Kronprinzen angeht.

Königin (leise).

Was haben Sie mir mitzutheilen?

Katte (leise).

Majestät haben heute noch keine Nachricht erhalten aus dem Hause des englischen Gesandten?

Königin (leise).

Heute? Um Alles in der Welt nicht in solchem Augen=blicke, wo der König jede Veranlassung aufgreift — — warum heute?

Katte (leise).

Von einer Revision meiner Relaispferde zurückkehrend, kam ich heut' Mittag durch Spandau geritten und traf dort vor dem Posthause eine große Anzahl fremder Pferde und Wagen. Es waren Engländer, und mein Freund, der Secretair der Gesandtschaft, unter ihnen. Ich rief ihn, und erfuhr, daß es eine außerordentliche Gesandtschaft sei für die Heirathsangelegenheiten der königlichen Hoheiten des Kronprinzen und der Prinzessin Wilhelmine —

Königin.

Der Chevalier Hotham?!

Katte.

Der Chevalier Hotham steht an der Spitze. Majestät sind also schon unterrichtet?

Königin.

O mein Gott, in solchem Augenblicke! Das längst Ersehnte wird dadurch zum Unglück. Um keinen Preis darf der König jetzt an die englischen Heirathen erinnert werden, jetzt bedürfte es keines Grumbkow und Seckendorf, um unser mühsam aufgebautes Gerüst in Trümmer zu wer=

Laube, dram. Werke. VII. 2. Aufl. 2

fen, der König allein vernichtete Alles durch einen heftigen Schritt gegen den Chevalier; warum gerade heute?!

Katte.

In dieser Stunde wird der Chevalier schon in Berlin sein.

Königin.

Welch ein Schicksal! Das hat dieser Grumbkow am Ende vorher gewußt, und gerade deshalb jetzt die Execution gegen Friedrich! Wir sind umgarnt und Alles geht verloren!

Katte.

Majestät wollen mir eine Bemerkung gestatten! Ich halte es überhaupt für einen Irrthum, daß durch diplomatische und sanfte Mittel die Heirathen mit England und eine bessere Stellung des Kronprinzen erreicht werden können; ich halte es für einen Zeitverlust. Der König und seine Freunde gehören zu einer absterbenden Welt. Sie können nicht hindern, daß ihnen die Zeit abstirbt, aber sie werden sich aus natürlichem Lebensinstincte sträuben, daß sie selbst bei lebendigem Leibe in den Tod gerissen werden. Deshalb werden sie der jungen Welt nicht das Mindeste gewähren; diese muß ihnen also Alles entreißen, was sie haben will, und dies ist die einzige Politik, welche uns zum Ziele führt.

Königin.

Zur völligen Zerstörung dieser ohnedies schon tief erschütterten Familie würde dies führen. — Sie sind unsinnig, junger Mensch!

Katte.

Verzeihung, Majestät, die Politik kennt wohl eben keine Familie. Aus Ideen wachsen die Gesetze, nicht aber aus Neigungen. Der Geist allein hat zu regieren, das Herz ist nur ein behagliches Instrument für unsere Schwäche.

(Man hört eine Fanfare von vollständiger Militärmusik aus dem Hofe.)

Königin
(indem sie am Schlusse von Katte's Rede eine abweisende Handbewegung macht wendet sich nach rückwärts und ruft).

Was geschieht?

Wilhelmine
(hat schon hinabgesehen und ruft nun rückwärts herein).

Die Truppen kommen marschirt. (Einige Schritte vorkommend.) Ich glaube es ist zu Ende, und der König ist mit dem Stabe ins Schloß getreten.

(Zweite Fanfare.)

Königin (zu Katte und Doris).

Hinweg! — (Nach vorn kommend.) Nun wird er mir's ankündigen.

Katte (bietet Doris die Hand).

Doris.

Wo soll ich hin, gnädigste Prinzessin?

Wilhelmine.

In mein Zimmer, Doris! (Sie bei der Hand nehmend.)

Katte.

Hoheit!

Wilhelmine.

Nein, nein — auf dieser Seite (links) wird er eintreten.

Katte.

Hier aber nicht (auf rechts deutend); treten Sie hinein!

Wilhelmine
(nach links die Gallerie hinaufblickend).

Da kommt der König! Hinweg! hinweg!

Doris (geht rechts durch den Vorhang ab).

Katte
(an dem Vorhange ohne irgend ein Zeichen von Eile sich verbeugend und halblaut).

Ich harre des Kronprinzen und Ihrer weiteren Befehle, königliche Hoheit.

(Dritte Fanfare.)

Wilhelmine.

Fort, fort, Katte! (Katte ab durch den Vorhang rechts.)

Vierte Scene.

Königin. — Wilhelmine. — Bald darauf der König. — Friedrich. — Grumbkow. — Buddenbrock. — Martensleben.

Wilhelmine.

Er kommt hierher. (Vorkommend zur Königin.) Fritz geht neben ihm, Mama. Aber wollen Majestät nicht in Ihre Gemächer?

Königin.

Hier im Vorzimmer will ich ihn empfangen. Er soll sehen, daß ich nicht seine drohende Anzeige, sondern seine Rechtfertigung erwarte. Sei stark, meine Tochter. Unsere

gemessene Haltung allein kann Deinem Bruder zu Statten
kommen.

Der König
(noch unsichtbar hinter der Scene links, mit starker Stimme).

Ich bedanke mich für die Aufmerksamkeit, Graf Secken=
dorf. Gott befohlen.

Wilhelmine (leise).
Seckendorf!

Königin (ebenso).
Unser schlimmster Widersacher also wirklich dabei!

(Der König und neben ihm gehend Friedrich treten links hinten durch die
Gallerie ein und bleiben einen Augenblick hinten in der Mitte stehen. Dann
treten sie zwischen den Säulen vor, und sobald sie im Vorsaale selbst sind, will
Friedrich auf die Königin zueilen.)

König.
Halt! (Er geht die zwei Schritte nach, welche Friedrich vorgeeilt. Sie
sind dabei noch beide ziemlich im Hintergrunde des Vorzimmers. — Grumb=
kow, Buddenbrock, Wartensleben kommen jetzt desselben Weges und
stellen sich hinten inmitten der Gallerie auf.)

Wilhelmine
(welche bisher links im Vordergrunde neben der Königin gestanden, hat
Friedrich entgegeneilen wollen, als dieser die Bewegung auf die Königin zu
gemacht; bei des Königs „Halt!" ist sie aber stehen geblieben und dann hastigen
Schrittes nach rechts hinüber in den Vordergrund geeilt).

König
(hat sich bei dem Worte „Halt!" nur halb gewendet gegen die Ankom=
menden).

König (nach kurzer Pause).
Die Königin Sophie hat in meiner Armee einen jungen
Major gekannt, Namens Friedrich von Hohenzollern.

Königin.
Majestät! —

König.

Nicht wahr?

Königin.

Er ist unser Sohn und dieses Reiches Erbe.

König.

Sie glauben also wirklich diesen Major Friedrich zu kennen?

Königin.

Ich werde ihn nie verläugnen und gegen Jedermann vertreten.

König.

Das wird Ihnen sehr schwer werden, denn — dieser Major Friedrich — existirt nicht mehr.

Königin.

Majestät!

Wilhelmine.

Vater!

König.

Ihr glaubt, dieser junge Mann (die Hand auf Friedrich's Schulter legend) sei der verlorene Major. Ihr irrt Euch. Dieser junge Mann ist seit einer Viertelstunde — d e r O b e r s t l e u t n a n t Friedrich!

Friedrich (ihm hastig die Hand küssend).

Mein gnädiger Vater!

Königin.

Was hör' ich!

Wilhelmine.

Avancirt?!

König (auf Wilhelmine deutend).

Die versteht die Rangliste, a v a n c i r t ist er! Und nun geh hin, mein Sohn!

(Allgemeine Bewegung.)

Wilhelmine.

Vater!

Königin. (Friedrich einen Schritt entgegeneilend).

Mein Sohn!

Friedrich

(zu ihr eilend und ihr lebhaft die Hand küssend).

Meine gnädigste Mutter!

Wilhelmine

(zum langsam vorschreitenden Könige eilend und ihm die Hand küssend).

Mein gnädigster Vater!

Königin (dem Könige die Hand entgegenstreckend).

Mein Gemahl!

König (ihre Hand ergreifend).

Friedrich

(hinter dem Könige zu Wilhelmine hinübereilend).

Wilhelmine! (sie, welche ihn mit offenen Armen erwartet, um= armend) wie bin ich glücklich!

Wilhelmine (sehr schnell und lebhaft).

Ich auch, lieber Fritz!

König (welcher die Königin herzlich angeblickt).

Hab' ich's nun einmal recht gemacht? Werd' ich nun einmal nicht gescholten?

Königin (warm).

Wie sehr hab' ich zu danken, wenn eine so unerwartete Aenderung Bestand haben kann.

König.

O Sophie, nicht durch Zweifel den glücklichen Augen=
blick entkräften!

Königin.

Nein, nein!

König (ohne sich zu unterbrechen).

Ich habe mich's Viel kosten lassen! Ich habe nicht nach
meiner bessern Einsicht, sondern nur nach meines Herzens
Bedürfniß gehandelt. Kommt her, meine Kinder, drückt
mir und Eurer Mutter die Hände und seht uns dankbar
ins Auge. So! So sind wir doch wieder eine Familie.
Darnach hab' ich mich unsäglich gesehnt. Dies und mein
Heer sind ja die einzigen Freuden meines Lebens. Helft mir
sie erhalten. Draußen in der wandelbaren Welt Europas
find' ich nirgends Treu und Glauben und noch weniger
Dankbarkeit. Sei dieses Augenblickes eingedenk, Fritz,
der Du einst meine Stelle einzunehmen hast: hoch oben er=
fährt man das Traurigste, und der politische Geist ist ein
gar dünner, schneidender Wind. Denke bei Zeiten darauf,
Dir eine Hütte häuslichen Herdes und warmer Herzen zu
erbauen. Verstehst Du mich?

Friedrich.

Ja, mein Vater.

König.

Und Du auch (zu Wilhelmine), spöttisch Mädchen (sie gut=
müthig an die Wange klopfend), die nur zu gern mit bloßem Spiele
tändelt! — (Zur Königin.) Ist's so nicht schön, Sophie?!
Und warum sollte Gottes schönste Gabe für Jung und Alt,

warum sollte unser Familienglück nicht Bestand haben?!
Gott wird's nicht stören.

Königin.

Wenn wir's selbst nicht stören.

König.

Das wolle er verhüten! Und nun geht, und sagt meinen
braven Generalen was Freundliches, sie meinen's gar gut
mit Euch! (Königin, Friedrich, Wilhelmine gehen nach hinten zu
Buddenbrock und Wartensleben, welche unter den Säulen der Gallerie stehen,
während Grumbkow bis diesseits der Säulen rechts hereingetreten ist.)

König

(der an seinem Platz sinnend und mit freundlichem Ausdruck stehen bleibt).

Grumbkow!

Grumbkow (kommt rechts vor zum Könige).

König.

Er ist schlechter Laune?

Grumbkow.

Majestät!

König.

Er ist nicht einverstanden mit dieser Versöhnung!

Grumbkow.

Ich würde eine wahre Versöhnung von ganzer Seele
segnen.

König.

Hierbei fehlt ihm nun doch etwas, alter Freund — das
Herz eines Vaters.

Grumbkow.

Ja wohl.

König.

Na, spiel Er nicht so den Weisen, welcher durchschimmern läßt: Es wird doch kommen wie ich gesagt! Sei Er lieber brav, und helf Er zuthun, daß Seine Weisheit zu Schanden werde. Mit Schärfe gelingt's einmal nicht, wir wollen's also versuchen, den Fritz mit Milde zu curiren. Hört Er?

Grumbkow.

Zu Befehl. Dann wird es auch wohl angemessen sein, all' die Beobachtungsposten einzuziehen, mit denen wir den Prinzen umringt haben.

König.

Wie so?

Grumbkow.

Den jüngern Kaït, welcher ihm zum Pagen gegeben worden in unserm Dienste, von jetzt an unbefragt zu lassen. Den Katte ferner unbeachtet zu lassen, und unbekümmert zu sein: auf welche Weise er nächtlings ins Schloß dringt mit Musikanten und Gauklern, und zu welchem Ende er sogar Postpferde bereit hält bis an die Landesgrenze.

König.

Warum das unbeachtet lassen? Er hat's doch in der Hand?

Grumbkow.

Für heut' und morgen, ja. Aber ich meine ganz redlich: um das Alles soll man sich nun gar nicht mehr kümmern, wenn Majestät einmal das System ändern und um jeden Preis eine Versöhnung haben wollen. Denn die Nach=

richten vom Pagen Kait und die Berichte über Katte würden
doch immer wieder böses Blut machen. Der Kronprinz
wird sich nicht von heut' zu morgen umgestalten in
seinen Grundsätzen und Neigungen und der Katte noch
weniger —

König.

Der Kronprinz weiß, was ich von dem Katte halte, er
wird ihn jetzt von selbst aus seiner Nähe verbannen; er
wird überhaupt darauf bedacht sein, mir die unerwartet ge=
währte Verzeihung zu danken, dadurch, daß er Grundsätze
und Neigungen ablegt, die mir zuwider sind. Das ist's
eben, was Er, Grumbkow, nicht versteht. Das ist eine
Herzenssache zwischen Vater und Sohn. Der Kronprinz
ist indessen jung und wird noch öfter straucheln. Es wäre
also unbedacht von uns, ihn von jetzt an ganz und gar sich
selbst zu überlassen. Er, Grumbkow, bleibt deshalb nach
wie vor verantwortlich dafür, daß ich jeden Abend genau
unterrichtet werde, was da drüben (auf rechts deutend) vor=
geht. Adieu. — F r i tz!

(Grumbkow tritt zurück.)

Friedrich (rasch herbeieilend).

Mein königlicher Vater!

König (der unverändert stehen geblieben).

Man kann sagen: solch eine Versöhnung, wie zwischen
uns, sei nur äußerlich und sei deshalb nichts werth. Wir
hätten die Streitpunkte nicht ausgeglichen, sondern nur mit
gutem Willen zusammengeleimt. Nicht wahr?

Friedrich.

Aber mein Vater, der gute Wille ist das stärkste Binde=
mittel.

König.

Richtig. So hab' ich Dich erwartet. Bewähre Dich so.
Sieh, mein Sohn, es hat mich große Ueberwindung gekostet,
Deine Aenderung vermittelst Befehl und Strenge aufzu=
geben. Ich hab's endlich doch versuchen wollen, da es auf
dem bisherigen Wege zum Aergsten gekommen wäre zwischen
uns, und da mir der Buddenbrock besonders zu wiederholten
Malen gesagt hat: es läge was tüchtiges in Dir, was ich
durch Dreinschlagen ins Böse verkehren würde. Er sagt:
zwei Steine von gleicher Art gegen einander geschlagen,
brächten nichts zum Vorschein, als Zerstörung. Nun, ich
glaub's, daß mein Schädel hart ist, und es kann sein, daß
Deiner auch Anlage hat, steinhart zu werden. Grumbkow
meint sogar: eine wirkliche Uebereinstimmung zwischen mir
und Dir sei unmöglich. Das halt' ich für dummes Zeug,
denn Du bist ein junger Mensch. Ich hab's also doch ver=
sucht, Frieden mit Dir zu schließen ohne Prälimina=
rien. Zeige Dich nun meines Vertrauens würdig. Du
kennst meine empfindlichsten Stellen. Gehe ihnen vorsichtig
und liebevoll aus dem Wege. Laß Franzosenthum,
Komödienspielerei und Musikantenkram. Es ist mir zu=
wider und macht Dich zum Querpfeifer und albernen Poeten.
Zügle auch Deine vorlaute Zunge, besonders in Dingen der
Religion. Ich spreche nicht gern hiervon, denn es regt mir
alsbald die Galle auf, und ich hab' mir's einmal auferlegt

— auch darüber sanft hinwegzugehen mit Dir. Sei um
Gottes willen eingedenk, daß in diesem Punkte Dein Vater
so wenig Scherz versteht, wie in der Disciplin seiner Armee.
Ich will es uns, so weit es mein Gewissen zuläßt, erleichtern,
daß kein neuer Zusammenstoß erfolge.   Du sollst nicht
mehr gezwungen werden, jeder Hausandacht beizuwohnen.
Kannst Du allmälig Deine Glaubens= und Sinnesweise
der meinigen näher bringen, so wird es uns wohlergehen,
kannst Du es nicht — (mit schwächerer Stimme) so möge der
Himmel helfen, daß wir nebeneinander bestehen können.
Vor allen Dingen aber bitte Gott, daß unsere Verschieden=
heit nicht noch einmal im Zorn geschlichtet werde — Du
weißt, der Zorn ist stärker, als ich. Also räume jegliche Ver=
anlassung sorgfältig aus dem Wege.   Und jetzt ruf' Deine
Mutter. — — Noch Eins.   Du kennst die Schwäche
Deiner Mutter für ihre hannöversche Familie und ihre un=
selige Passion für Eure englischen Heirathen.   Lenke sie ab
von solchen politischen Dingen, welche Frauen nicht ver=
stehen und welche mir allein zukommen.   Du wirst mir da=
durch den Hausfrieden erleichtern. Ich weiß, daß Du selbst
bisher dafür Partei genommen und Dich in gefährliche Dinge
eingelassen hast.   Ich verzeih' das Bisherige, weil Du mich
für Deinen Widersacher halten mochtest.   Endige damit
völlig.   Ich werde schon in diesem Betracht für Dich sorgen.
Jetzt geh' und ruf' mir Deine Mutter herein!

Friedrich

geht nach hinten, wo die Königin und Wilhelmine in die äußere
Gallerie hinausgetreten sind mit Buddenbrock und Wartensleben —

Grumbkow ist rechts hinten abgesondert — und mit einer Verbeugung
scheint Friedrich die Königin zu benachrichtigen, welche sofort hereinkommt
mit allen Uebrigen).

König
(der unverändert stehen geblieben ist, wendet sich nun, ehe sie ganz zu ihm ge=
kommen).

Ich möchte auch unsere jüngeren Kinder einen Augen=
blick sehen, Sophie — und dann machen wir wohl bei dem
freundlichen Abendscheine einen Gang durch Deinen Garten
von Monbijou? (Dabei reicht er ihr die Hand und sie wenden sich zum
Abgehen nach links durch den Vorhang.)

Königin.
Mit Freuden, mein Gemahl.

König
(zu Friedrich und Wilhelmine, welche herzueilen).

Adieu, meine Kinder. (Zu den Generalen, welche sich vor
den Säulen aufgestellt.) Adieu, meine Freunde! (Ab mit der Königin.
Grumbkow, Wartensleben hinten links ab, von wo sie gekommen
sind.)

Buddenbrock
(bleibt unter den Säulen stehen und sieht auf Friedrich. Als dieser, es
bemerkend, gleichsam fragend eine Bewegung mit der Hand macht, sagt er)

Nichts, Hoheit, 's ist nur meine Freude! (und salutirend, was
Friedrich freundlich erwidert, folgt er den Generalen, ab.)

Fünfte Scene.

Friedrich. — Wilhelmine. — Bald darauf Katte. — Doris. — Zuletzt Eversmann.

Wilhelmine.

Victoria, Prinz Frédéric, nun will auch ich Dich an=
genehm überraschen! (Sie eilt zum Vorhange rechts.)

Friedrich.

Was hast Du?

Wilhelmine (hineinrufend).

Hervor aus dem Dunkeln ans Licht!

Katte

(erscheint am Vorhange und verbeugt sich vor Wilhelmine).

Friedrich.

Katte! (In große Erregung gerathend.) O nein!

Wilhelmine.

Ach, Sie mein' ich nicht! Wo ist sie denn?

Katte.

Sie hat sich ins Bibliothekzimmer geflüchtet. (Dabei ist
er herausgetreten und sieht sich nach der Gallerie hinaus um. Wilhelmine eilt
durch den Vorhang rechts ab, um Doris zu holen.)

Friedrich

(in lebhafter Erregung hin= und hergehend).

Katte (der hinten stehen bleibt).

Ich gratulire, königliche Hoheit!

Friedrich (für sich).

Das geht nicht mehr! Das bin ich ihm schuldig. (Zu

Katte.) Sie werden tolldreist, Herr von Katte! In solchem Augenblicke hier! — Und, da Du zu horchen gewagt, so weißt Du (mit schwächerer Stimme), daß diese Veränderung auch uns betreffen muß. Erlaß mir die weitere Erklärung! Mein Vater schenkt mir Vertrauen; ich muß es durch meine ferneren Schritte rechtfertigen und verdienen.

Katte.

Königliche Hoheit verabschieden mich?

Friedrich (halblaut).

Ich muß.

Katte.

Der Page Eurer Hoheit kennt ja meine Privatwohnung, und ich werde nicht Zeit haben, sie zu wechseln, bevor der Wechsel im hiesigen Schloßwetter wieder eingetreten ist.

Friedrich.

Nun, Deine Eitelkeit erleichtert mir einen Abschied, vor dem ich mich fürchtete. Ich hielt mich zur Treue gegen Dich verpflichtet, Du weißt Dich aber selbst bezahlt zu machen.

Katte.

Treue ist eine aufgeputzte Gewohnheit oder eine Lüge gegen den Geist. Verpflichtung ist ein Gängelband für Kinder — ich mache auf Keins von Beiden Anspruch —

Friedrich.

Ich glaube wahrhaftig, Katte, wenn ich das Land zu regieren hätte, ich müßte Dich todtschießen lassen, denn

Deine Rede ist ein Gift, das jedes gesellschaftliche Band zerfrißt.

Katte

(unbekümmert um diese Rede in seinem vorigen Tone fortfahrend).

Aber ich mache Anspruch auf das Gesetz der Logik. Diese allein ist sicher und dauerhaft, und diese zeigt mir mit mathematischer Gewißheit, daß Sie untergehn müßten, wenn Sie mit dem Könige zusammengehn wollten. Das wird nicht geschehn, denn bei Ihnen ist die frische Lebenskraft, welche sich instinctmäßig gegen den Tod sträubt — morgen schon werden Sie sich widersetzen müssen gegen die tausend Zumuthungen einer orthodoxen Leblosigkeit, einer gedanken= los aufgesteiften Pedanterie, und übermorgen werden meine vorbereiteten Maßregeln dem verzweiflungsvollen Kronprinzen nöthiger sein als heute.

Friedrich (lächelnd).

Du bist geradezu wie ein Quacksalber, der seine Pillen anpreist als unfehlbar für jede mögliche Krankheit — wir wollen damit so lange warten, Herr Wunderdoctor, bis die Krankheit wirklich vorhanden ist.

Katte (einen Schritt näher tretend).

Das ist sie längst; das Fieber hat nur heute seinen guten Tag. Oder wollen und können Sie von jetzt an als Oberstleutnant wirklich eintreten in den trostlosen Kamaschendienst des Heeres, welches Jahr aus Jahr ein nichts zu thun kriegt, als das tödtliche Einerlei zu exerciren?

Friedrich.

Ich werde eingedenk sein, daß ich diese Maschine einst in Bewegung setzen kann.

Katte (einen Schritt näher tretend).

Und wollen Sie Abschied nehmen von Musik und Gesang und jeglicher schönen Kunst?

Friedrich.

Ich werde mich an der Querpfeife des Zapfenstreichs entschädigen.

Katte (einen Schritt näher tretend).

Und wollen Sie die reizende Literatur Frankreichs vertauschen mit den Späßen des Tabakcollegiums beim Bierkruge und der Thonpfeife?

Friedrich.

Ich werde rauchen lernen. Das soll die Phantasie entwickeln.

Katte (dicht an Friedrich tretend).

Wollen Sie endlich jeden Morgen und Abend auf die Formeln eines Kirchenglaubens schwören, (Friedrich geht nach links von ihm hinweg), dem Sie längst entwachsen sind?!

Friedrich.

Ich wachse vielleicht wieder hinein. Und was thut's, ein wenig schief gewachsen zu sein, wenn Einen die Leute doch schön finden! — In diesem Punkte hat mich übrigens der König freigegeben.

Katte (auflachend).

Als ob der Schuster von seinem Leisten lassen könnte!

Friedrich (streng).

Herr Leutnant, respectiren Sie Ihren König! — Befolgen Sie, was ich Ihnen angesagt. — Du bist unfähig, ein Familienverhältniß zu beurtheilen: Du bist lieblos und mußt Dich selber treulos nennen. (heftig) Es ist ein schlechter Freundschaftsdienst, die Versöhnung eines Sohnes mit seinem Vater zu erschweren.

Wilhelmine

(ist während der letzten Worte, Doris an der rechten Hand führend, aus der Vorhangsthür rechts getreten, und einige Schritte zwischen den im Vordergrunde weit von einander stehenden Männern vorgekommen).

Da ist meine Ueberraschung, die nicht zum Vorschein kommen wollte — (sich zu Katte wendend) was giebt's?

Friedrich

(der sich nach ihr gewendet, geht, ohne ihre letzten Worte abzuwarten, einen Schritt entgegen, rasch und lebhaft rufend).

Meine kleine Doris! (ihr die Hände hinhaltend) meine Dorothee! Wie freut's mich, Dich zu seh'n! Zur guten Stunde bist Du gekommen, wie immer. Was führt Dich her? Was macht Dein braver Vater?

(Während dem wenden sich Wilhelmine und Katte, anscheinend in lebhaftem Gespräche — wobei Katte, der zu erzählen scheint, sich äußerlich stets respectvoll verhält — nach dem Hintergrunde, beiläufig sich auch nach der Gallerie hinaus umblickend.)

Doris

(welche zögernd Friedrich's Hand ergriffen hat und von diesem einige Schritte nach dem Vordergrunde geführt worden ist).

Er ist krank, mein gnädiger Prinz, und schickt Ihnen dies Papier (einen in Briefform gefalteten Bogen überreichend), welches Sie dem Könige überreichen möchten als Ihr

Glaubensbekenntniß. Es werde Friede stiften zwischen Vater und Sohn.

Friedrich (lesend).

„Glaubensbekenntniß des Kronprinzen, wie er's in Potsdam dictirt" —

Doris.

Nicht geradezu dictirt, Hoheit, aber aus lauter Gedanken und Artikeln bestehend, die Sie wörtlich gegen meinen Vater geäußert. So zusammengestellt, meint der Vater, zeige sich's sonnenklar, daß Sie k e i n Calvinist seien und daß also nur ein Mißverständniß herrsche in Ihrem Glaubens= streite mit dem Könige.

Friedrich (immer noch hineinsehend).

Das kann ich Alles unterschreiben — das habt Ihr vortrefflich gemacht! und (sie leicht mit der Hand über die Stirn streichend) ich dank' Euch herzlich! Ihr seid mir gute Men= schen, wahre Freunde in der Noth — aber es ist nicht mehr nöthig; ich bin ausgesöhnt mit meinem Vater (das Blatt ihr zurückgebend), heb' das Blatt auf, Dorothee, in Deinem ge= schnörkelten Wandschränkchen, es soll uns einst an eine wunderliche Zeit erinnern und an Eure brave Gesinnung.

Doris.

O Herr, das ist ja so natürlich!

Friedrich (sie bei der Hand fassend).

Gott sei Dank, daß es natürlich ist! (Sich nach Wilhel= minen umsehend.) Du wirst doch Sorge tragen für unsern kleinen Gast, Wilhelmine, und daß ihm nichts Widerwärtiges begegnet.

Wilhelmine
(vorkommend zur rechten Hand Friedrich's).

Ei freilich! Und Du (ihn schmeichelnd auf die Schulter klopfend) Fritz, Du wirst uns nicht die kleinen Lebensfreuden verderben, die wir noch haben! Du wirst nicht allein Vortheil haben wollen von der guten Stunde! Du wirst nicht auch ein Pedant werden wollen, nicht wahr Fritz!?

Eversmann
(geht hinten in der Gallerie vorüber von links nach rechts. Ungesehen, da Katte auch vorgetreten ist, und nur noch einen Schritt hinter der Linie der übrigen steht, mit Spannung auf Friedrich's Erwiderung blickend und hörend).

Friedrich.
Du meinst den Katte? Liebe Schwester —

Wilhelmine.
Nicht blos. Ich weiß, daß Du nicht undankbar sein kannst gegen einen Freund. Ich meine unsere Abende. Wir sind alle fertig mit unseren Rollen im Britannicus, die letzte Probe in Potsdam ging vortrefflich, Doris ist da, Katte hat die Musiker für heute bestellt, sei und bleibe mein Prinz Frédéric!

Doris.
O nur hier nicht, gnädigste Prinzeß!

Friedrich.
Wie ungern widersprech' ich Dir, Wilhelmine, aber ich muß. Du weißt, daß der Vater gegen nichts so eingenommen

ist, als gegen französisches Schauspiel. Ich kann nicht seinen guten Willen für mich so spöttisch erwidern; ich kann wirklich nicht, liebe Schwester.

Wilhelmine.

O Du bist langweilig, Fritz, und unerkenntlich gegen uns! Das wird nun gar ein unausstehlich Leben, wenn es so fortgeht. · Und Dich, Doris, begreif' ich gar nicht! Spricht so schön französisch und hat die schönste Rolle. Und Dein ganzer Anzug als Junia ist fertig und wird Dich vortrefflich kleiden —·ich laß mir's nicht gefallen, Fritz!

Katte.

Eversmann! (Er spricht dies Wort, wenn auch halblaut, mit großem Nachdruck, indem er rasch bis neben Doris herangetreten ist, nachdem er Eversmann hinten gesehen. Sobald er das Wort ausgesprochen, welches eine lähmende Wirkung auf Alle äußert, eilt er rasch bis ganz in den Vordergrund rechts, vor sich hinsagend) Der Teufel hole den alten Spion!

Doris
(sich nach Eversmann umsehend, weicht erschrocken auf Katte zu rechts hinüber, so daß die Mitte für Eversmann ganz frei wird).

Friedrich
(ohne sich umzusehen, stampft mit dem Fuße auf).
Schleichen und Schleichen ohn' Ende!

Wilhelmine
(welche sich erschrocken nach Eversmann umgesehen, sagt halblaut zu Friedrich).

Er ist's, und nun erblickt er Katte und Doris und sagt's dem Könige. Du siehst, Katte hat Recht, es wird in diesem Hause nicht anders.

Friedrich (sich nur ein wenig wendend, laut).

Was will der Barbier?! — Was untersteht Er sich wie eine Katze heranzuschleichen?! Dies Spioniren hat ein Ende, und wenn's Ihm der König noch nicht gesagt, so erfährt Er's hiermit von mir. Ich verbitte mir's ganz und gar für die Zukunft, ich habe jetzt ein Recht dazu!

Eversmann

(der bei den Worten Wilhelminens „O Du bist langweilig, Fritz!" von rechts hinten eingetreten, langsam vorgegangen und am innern Eingange des Vorsaals aus der Gallerie stehen geblieben ist, erwidert mit ruhiger Stimme).

's hat Jeder Recht, wenn man aufmerksam zuhören will. Für mich mein Herr und ich thu' was er mir befiehlt.

Friedrich.

Was will Er?

Eversmann

(ohne zu antworten vorkommend und dann erst, indem er Alle angesehen, langsam sprechend).

Majestät reitet von der Hausandacht nach Wusterhausen. Majestät läßt allen erlauchten Gliedern des Hauses ansagen, daß um acht Uhr die Abendpostille verlesen wird.

Friedrich.

Mir nicht! Er ist im Irrthum, Eversmann.

Eversmann.

Es hat Jeder Recht. Majestät läßt a l l e n erlauchten Gliedern des Hauses ansagen, daß um acht Uhr Postille verlesen wird. (Wendet sich, Alle ansehend, langsam um und geht ab nach rechts hinten.)

Friedrich (in großer Aufregung).

Das ist Unrecht! Das heißt die Zusage brechen, die Zusage, welche er mir eben auf dieser Stelle gegeben.

Wilhelmine.

Da siehst Du, daß Katte Recht hat.

Doris (herantretend).

O nein!

Katte
(ebenfalls und gespannt herantretend).

Hab' ich's vorausgesagt, mein Prinz?!

Friedrich
(vorn quer auf= und niedergehend).

Weh uns, wenn Du Recht hättest! — Man soll mir halten, was mir versprochen wird. — Ich gehe nicht zur Postille!

Wilhelmine und **Katte**
(bekräftigen durch Pantomimen gegen einander, daß sie damit einverstanden).

Doris.

Gehen Sie, Prinz!

Friedrich (ohne sich zu unterbrechen).

Und einem Trugbilde opfre ich nicht die Freude meines Lebens. (Zu Katte.) Meine sächsischen Musiker werden nicht abbestellt!

Wilhelmine (lebhaft).

Wir spielen Britannicus?!

Friedrich.

Nein. Das nicht.

Wilhelmine
(leise und mit bezeichnender Pantomime gegen Doris und Katte).

Doch!

Friedrich
(der zwischen Doris und Wilhelminen stehen bleibt).

Aber auf einem so trügerischen Boden will ich nicht Alles entbehren, Musik will ich hören, und (zu Doris sich milder wendend) Dein Gesang, Dorothee, soll mir das darbende Herz erfrischen.

Doris.
Auf einem Vulkane, mein Prinz?!

Friedrich.
Auf einem Vulkane, liebes Kind, spielt ja das ganze Stücklein Menschenleben!

(Der Vorhang fällt rasch.)

Zweiter Act.

Tiefes gothisches Zimmer.

Große Mittelthür, neben welcher links und rechts hohe Fenster. Diese Fenster, welche wie Thüren bis an den Boden geöffnet werden können, sind in ihrer ganzen Ausdehnung mit Vorhängen verdeckt. Sobald die Fenster geöffnet werden, sieht man an ihrer Außenseite Säulenbalcons, und über diese hinweg in zwei verschiedene Schloßhöfe, welche durch Schloßgebäude links und rechts im Hintergrunde bezeichnet sind. Sobald die Mittel= thür geöffnet wird, sieht man in einen langen Corridor hinauf, welcher hinten in einer Treppe aufsteigt und von einem andern Schloßflügel die Verbindung bildet in dies Zimmer. Die Mauern dieses Corridors, aus Säulen und Bogen bestehend, endigen links und rechts drei Schritte vor der Mittelthür, so daß ein eben so breiter Gang freie Verbindung gestattet zwischen dem Corridor und den Fensterbalconen. — Seitenthüren links und rechts. — Holzstühle mit steifen Lehnen links und rechts im Vorder= grunde. Neben dem Stuhle zur Rechten ein kleiner mit grünem Tuche bedeckter Tisch, auf welchem einige Bücher, Blätter Papier, Schreibzeug und ein Degen. Rechts zwischen der Seitenthür und dem Fenster eine Soldatenpritsche, wie sie in den Wacht= stuben als Schlafstätten der Soldaten gebräuchlich sind. Auf dieser Pritsche liegt ein Soldatenmantel ausgebreitet. Links in

der Ecke neben dem Fenster ein Holzgestell, auf welchem Soldaten-
waffen jener Zeit, eine Muskete mit eisernem Ladestocke, ein
Reitersäbel, ein Sponton u. s. w. aufgestellt sind.

Erste Scene.

Fenster und Thüren sind geschlossen; es ist dunkel.

Prinz Friedrich (erst allein, dann) Katte.

Friedrich

(in reichem französischen Costüm mit fliegendem Haar, die Flöte in der Hand
sitzt links ganz im Vordergrunde auf dem Sessel. Er ist sichtlich tief in Gedanken versunken und schweigt noch eine Weile nach Aufgehn des Vorhanges,
dann beginnt er langsam).

Was ist mein Recht? Was ist meine Pflicht? Wo hört
die Pflicht auf, welche man seinem Vater, seinem Herrn
schuldig ist? Eine Grenze muß sie doch haben; ein Recht
muß doch vorhanden sein! Ich bin doch nicht blos für
meinen Vater auf der Welt; ich soll doch nicht blos eine
Wiederholung meines Vaters werden! Ich kann es nicht,
und ich will es nicht. Ich will, ich muß ein eigener Mensch
sein. Dies ist mein Recht. — Aber wo ist die Grenzscheide
zwischen der Pflicht des Sohnes und dem Rechte der Eigen-
thümlichkeit? Wo ist die Grenzscheide im täglichen Verkehr?
Jetzt schon peinigt mich mein Gewissen, daß ich nicht hin-
untersteige zum Vorlesen der Postille, obwohl ich neben der
gebrochenen Zusage des Vaters im Rechte bin, obwohl ich
weiß, daß dieser Postillenzwang die Flamme wieder hervor-
stört, welche immerdar zwischen uns glimmt. — Wo darf
ich handeln, wo muß ich handeln, um nicht zu verschwinden

unter dem Gepräge des tyrannischen Vaters, um nicht unterzugehn? — „Innerlich kannst Du frei und eigenthümlich bleiben", sagt man, „wenn Du auch äußerlich gehorchen und nach Commando erscheinen mußt!" sagt man! Es ist nicht wahr. Mein Inneres wird verzerrt, wenn ich's immerdar verläugnen muß in Erscheinung und Handlung. Ich werde ein Mensch der Lüge, und die Lüge ist der Mord des Geistes. Ich muß die Grenzscheide feststellen zwischen ihm und mir! Ich muß, und (mit schwächerer Stimme) ich will.

(Man hört von rechts aus dem Schloßhofe herauf sehr gedämpft einen Choral von Trompeten geblasen.)

Da ist er. Die Garden blasen ihm das Abendlied. Diese stets traurigen Klänge einer Religion, welche mich niederdrückt. (Er steht langsam auf und geht zum Tische hinüber, auf welchen er die Flöte legt. Während des Hinlegens fährt er fort.) Und doch ist es ein widerwärtiger Anblick in der Geschichte: Der offene Kampf zwischen Vater und Sohn, ein widerwärtiger Anblick! Man giebt dem Sohne allezeit Unrecht. Brutus betrübt uns neben Cäsar, und war nur ein Pflegesohn und hatte einen großen Zweck. Kaiser Heinrich der Fünfte empört uns, und doch war sein Vater ein verschrobener Mann, Philipp's des Zweiten Sohn geht kläglich zu Grunde; Alexis der Czarensohn desgleichen, und doch waren die Väter Tyrannen —! (ausbrechend) Uneins zu sein mit seinem Vater ist ein grimmiges Schicksal! (leise) Niemand bedauert den Sohn, welcher in solchem Kampfe unterliegt, und Jedermann verachtet den Sohn, welcher über seinen Vater obsiegt.

(Er geht langsam nach hinten zum Fenster rechts, öffnet es und blickt hinaus über das Geländer des Säulenbalcons in den Hof hinab. Er tritt auf den Balcon hinaus. Man hört das Trompetenlied etwas deutlicher, und zwar die Melodie „Jesu, meines Lebens Leben“, aber immer nur so, daß ein mäßig lautes Sprechen auf der Bühne leicht verständlich bleibt. Er tritt sogleich wieder zurück und lehnt sich mit den Worten:) Finster und schwül ist die Luft! (an den Fensterpfeiler mit dem Gesicht nach dem Publicum, vor sich hinsprechend)

„Du sollst glauben, und Du Armer

Blickest zweifelnd himmelwärts —

Du sollst beten zum Erbarmer

Und Dir fehlt ein kindlich Herz.“

O selig, die nicht sehen und doch glauben!

Katte

(tritt aus der Seitenthür rechts, welche er vorsichtig öffnet und in der Hand behält).

Noch dunkel? Er wird doch nicht hinabgegangen sein! (Er geht an die Mittelthür und öffnet vorsichtig einen Flügel derselben. Man sieht in den erleuchteten Corridor hinauf, und sieht an der Treppe desselben den Pagen stehen, welcher seitwärts an der Mauer lehnt.) Der Page ist an seinem Posten. Wo ist der Prinz?

Friedrich (langsam vorkommend).

An der Pforte des Himmels. (Er setzt sich auf den Stuhl am Tische und stützt den Kopf in die Hand.)

Katte.

Ah, mein Prinz!

Friedrich.

Wenn Du einen Schlüssel dazu hättest, wärst Du mir willkommen. Was willst Du? — Du weißt, daß Dich Eversmann gesehn! So lange wirst Du auf dem hohen Seile tanzen, bis Du den Hals brichst.

Katte

(indem er das von Friedrich geöffnete Fenster wieder schließt).*

Ich habe die Musiker Quanz und Weiß herauf=
geführt. Sollen sie anfangen? Darf ich Licht bringen,
Hoheit?

Friedrich (wieder in Gedanken vor sich hin).

„Und Dir fehlt ein kindlich Herz!"

Katte.

Prinz, Sie schwanken umher in den Abgründen der
Melancholie, welche der Philosoph mit Vorbedacht ver=
meidet.

Friedrich.

Burschen Deiner Art heißt Leichtsinn Philosophie.

Katte.

Leichten Sinn zu bewahren ist auch eine Philosophie.

Friedrich (halb für sich).

O ja — Zweifel auflösen soll der Philosoph; Deine
Gattung aber begnügt sich damit, die Zweifel zu beseitigen.
— Wie beneidenswerth sicher ist der Glaube; wer ihn hat,
der ist gepanzert!

Katte.

Womit?

Friedrich.

Mit beschränktem Geiste.

Katte (lachend).

Und das wäre beneidenswerth?!

---

* Die Musik dauert gedämpft fort, bis der begonnene Vers der Melodie
zu Ende.

Friedrich.

Schweig Dissonanz! — Dem Einen beschränkt Armuth
den Geist; dem Andern — (Katte anblickend) Eitelkeit. — Ich
bin leider nicht arm genug und nicht eitel genug, um glück=
lich zu sein.

Katte.

Aber schwermüthig genug, um unglücklich zu werden.
Sie opfern Leib und Seele dem Könige. Mein Prinz, Sie
gehen verloren wie Kronprinz Britannicus, welcher an die
Freundschaft Nero's sich ergab und dafür von Nero vergiftet
wurde. In dieser hingebenden Aussöhnung mit dem Könige,
für welche Sie allein die Kosten tragen, werden Ihre großen
Eigenschaften vergiftet zu Mittelmäßigkeiten und dies Reich
wird um seine Zukunft betrogen.

Friedrich.

Dies Reich heißt?

Katte.

Preußen!

Friedrich.

Katte heißt's — Leutnant bei des Königs Gens=
d'armen, der seine Zukunft bedroht sieht durch den Rückzug
des Kronprinzen! O diese Welt — (aufstehend und umhergehend)
ist ein Ball mit luftigen Redensarten gefüllt, und nichts
ist gesichert als der Unverstand, der nicht enttäuscht werden
kann. (Er bleibt am Tische stehen, abgewendet von Katte, die Hand
aufstützend.)

Katte (nach einer kurzen Pause für sich).

Besser er schilt, als daß er schmachtet! — (laut) Ich

habe Hoheit heut' Mittag schon entgegnet, daß ich auf keine beliebten Tugenden Anspruch mache. Ich suche den Vortheil. Gemeinschaftlicher Vortheil bildet die Freundschaft, und es ist nicht mein Fehler, daß Hoheit plötzlich verkennen: wie Ihr Vortheil Hand in Hand mit dem meinigen kommt und geht. Aber schnell muß der Knoten jetzt durchhauen sein; heute noch. Denn dieser Waffenstillstand ist von Seiten Ihrer Gegner nur herbeigeführt, weil man zu den Hauptschlägen der Schlacht ausholen will. (An die Mittelthür gehend und einen Augenblick hinaussehend.) Können sich Hoheit wirklich auf die Treue des Pagen verlassen?

Friedrich (unbeweglich).

Die Jugend ist ehrlich.

Katte.

Aber schwach. Nicht ohne Bedacht hat man Ihnen den ältern Kait genommen und ihn zum Regimente nach Wesel geschickt.

Friedrich
(sich setzend, sich sichtlich anderen Gedanken hingebend und nur halb zuhörend).

Ach, was soll das jetzt?!

Katte.

Sie schelten mich tolldreist; ich bin es nicht ohne offne Augen. Unser Stallmeister hat heute Abend diesen Pagen in langer Unterredung mit — Grumbkow gesehn, und zwar draußen (nach rechts hinten zeigend) auf der Gallerie, welche dort im wüsten Flügel des Schlosses abbricht, also nahe an unserem verborgenen Gebiete.

Friedrich.

Ich brauche kein verborgenes Gebiet mehr.

Katte.

Vielleicht können und müssen wir's heute zum letzten
Male brauchen. Seit heute Abend wittre ich unmittelbare
Gefahr.

Friedrich.

So?

Katte.

Im Marstalle sind für morgen zu Sonnenaufgang Ihre
Pferde bestellt, Hoheit, nach Wusterhausen!

Friedrich.

Warum nicht gar! Mein Vater weiß, daß mir der Ort
zuwider ist, wo rohe Jagd abwechselt mit Wirthschafts=
gesprächen und geistlichen Vorlesungen — jetzt ruft er mich
sicher nicht nach Wusterhausen.

Katte.

Ihre Pferde sind bestellt, ich weiß es, man hat
Anderes mit Ihnen vor als stille Versöhnung, und daß
Sie zur Postille gerufen sind trotz der Zusage, das ist
eine Falle!

Friedrich
(macht in Gedanken eine ablehnende Bewegung).

Katte.

Hören Sie mich, Prinz; ich sehe schärfer, weil mich
keine Weichherzigkeit befängt. Ich hab' es nicht vergessen,
daß Eversmann mich gesehn; ich bin in Reisekleidern und
nicht im Costüm des Britannicus, wie die Prinzessin be=

fohlen, ich bin auf dem Sprunge.   Mein Prinz, ich bin
überzeugt, nur diese Nacht ist noch unser, und höchstens noch
diese Nacht. Erwachen Sie! Heute am Tage wagte ich
mich nur darum ins Schloß, um Ihnen einen Bericht zu
erstatten, den Sie leider nicht hören wollten und der doch
Niemand näher betrifft als Sie selbst. Prinz, der Chevalier Hotham ist in Berlin!

Friedrich.

Was?

Katte.

Die Frage mit England kommt zur Entscheidung, und
da der König hartnäckig dagegen ist —

Friedrich.

Ja!

Katte.

So kommt sie zu jäher, schlimmer Entscheidung, welche
auch England beleidigt. Durch eine Beleidigung Englands
wird Alles abgebrochen, wenn nicht von Ihnen, Prinz,
ein entscheidender Schritt geschieht. Das Alles ist gewiß
von Grumbkow berechnet und abgekartet, und darum
heute so unerwartet die scheinbare Versöhnung, um Sie zu
lähmen —

Friedrich (für sich, etwas aufmerksamer).

Der Vater sprach mit Grumbkow!

Katte.

Ich kam ins Schloß, um Ihnen dies zu sagen, und
Ihnen gleichzeitig zu berichten, daß ich unsere Posten bis

an die Landesgrenze untersucht. Gestern und heut' bin ich
hin= und zurückgejagt, weil ich Sie in neuer Noth und Ge=
fahr wußte. Es ist Alles in Ordnung, Alles in sofortiger
Bereitschaft. Die Relaispferde stehen Tag und Nacht ge=
sattelt. Wir können in Sicherheit sein, ehe der König
draußen in den Wäldern von unserer Flucht erfährt. Der
Stallmeister kann ihn morgen hinhalten mit der Nachricht,
Sie seien unwohl. Wir können an der Meeresküste sein,
können in England landen, ehe ein Verfolger aus dem Thore
von Berlin sprengt, ja Ihre Verlobung mit der Tochter des
Königs von England kann vollzogen sein, ehe die Kunde
von der Flucht bis zu einem der fremden Höfe gedrungen
ist. Vor solcher Energie, vor solcher fertigen Thatsache
schweigt dann auch am Ende der König!

Friedrich.

Der leblose Popanz schweigt, welchen Du Dir zum
Könige machst, mein Vater aber nicht. (aufstehend) Deine
Zusammenstellung der Umstände erscheint allerdings beun=
ruhigend genug, wenn man die Menschen nach Deiner
Vorstellungsweise beurtheilt und berechnet. Meine Vor=
stellungsweise ist eine andere, meine Menschen sind anders,
sind nicht hohle Rechenexempel. — Ich fliehe nicht. Ich
werde mit Geduld und mit der Kraft meines Rechtes den
Kampf bestehn, wenn der König mich wirklich fernerhin
dazu herausfordert. Aber ich will nicht unbillig sein gegen
Dich. Du hast die letzten Vorbereitungen getroffen, weil
Du mich in neuer Noth und Gefahr erblickst. Es liegt mir

4*

ob, Dich sicher zu stellen. Nimm das Reisegeld aus meiner
Chatoulle und rette Dich auf den bereitgehaltenen Pferden.
In Hannover oder England werd' ich nach Kräften weiter
für Dich sorgen.

Katte.

Allein soll ich flieh'n, und die Brücke zu Ihrer Rettung
abbrechen hinter mir!

Friedrich.

Keine Weichherzigkeit, Katte, die Du sonst verspottest.
Sie paßt nicht zum Egoismus. Laß uns nüchtern scheiden.
Ungestümer Drang der Jugend hat uns zusammengeführt;
reifere Einsicht trennt uns. Verabschiede Quanz und Weiß
mit dem heutigen Abende. Meinem Vater zu Liebe will ich
Allem entsagen. Und wenn Ihr hinabsteigt durch die ver=
mauerte Treppe nach dem wüsten Saale ins Freie, so schließet
die Thüren und werft die Schlüssel in die Spree, damit der
Rückweg unmöglich und die heitere Vergangenheit unwieder=
bringlich geschlossen sei. Ich gehe zum Könige hinunter, um
meinem Vater den besten Willen zu zeigen und die Postille
mit anzuhören. (Er wendet sich zum Gehen.)

Katte.

Im französischen Kleide, das er wie eine Kriegserklärung
betrachtet!

Friedrich
(stehen bleibend und mit dem Fuße stampfend).

Das ist wahr. — Ein französisch Kleid hängt wie die
Vogelscheuche zwischen uns! (Nach links hinübergehend.) Ver=
wünschter Zufall!

Katte.

Wenn's Zufall wäre und Zufall gäbe! Wenn wir nicht Stifte und Schrauben wären in der großen Maschine Welt, Stifte und Schrauben, die ein= für allemal nur das zu fördern und zu hemmen bestimmt sind, was sie fördern und hemmen, nicht mehr und nicht minder.

Friedrich.

Das ist nicht wahr!

Katte.

Welch ein Gott wäre das, welcher seine Welt jedem Gelüste des einzelnen Menschen preis gegeben hätte, welcher dem Zufalle die wichtigsten Entscheidungen überließe! Für= wahr ein wunderlich schwacher Gott! Nein, unabänderlich vorausbestimmt ist Alles was geschieht: Die große Maschine Welt geht ihren vorgezeichneten Gang, wir kleinen Be= standtheile derselben mögen uns noch so ungeberdig und scheinbar selbständig rühren und wenden. Es steht von Anbeginn in den Sternen geschrieben, ob der Kronprinz Friedrich von Preußen der geistlosen Tyrannei seines Vaters entweichen und diesem Lande eine geistvolle Zukunft retten soll oder nicht. Wir ändern's nicht, wir vollbringen nur was wir müssen!

Friedrich (heftig).

Und sind nach dieser Ansicht die erbärmlichsten Sclaven, ärgere Sclaven, als diejenigen, welche der König aus uns machen will, Sclaven eines unerbittlichen Schicksals, welches den ganzen Menschenstolz in mir empört. (quer hin= und her=

gehend) Hinweg mit dieser Prädestinationslehre, mit diesem schlechten Reste einer heidnischen Welt, den wir wahrhaftig nicht pflegen wollen, während die schönen Reste alter Welt um uns her zerbrochen werden durch zitternde, plumpe Hände!

Katte.

Hoheit —

Friedrich (ohne sich zu unterbrechen).

Welch ein Gott wäre das, welcher ein so großes Kunstwerk wie den Menschen blos zur Puppe geschaffen hätte, zur willenlosen Puppe, mit der gespielt würde von Anbeginn!? Gottes unwürdig ist solch eine Vorstellung! Die Welt ist nicht blos eine große Maschine, sie ist ein großes Leben, welches sich selber schafft und erneut von Sekunde zu Sekunde. Sie ward nicht blos geschaffen, sie wird immerwährend geschaffen, weil jeder Stift und jede Schraube ein eigenes freies Wesen ist, welches sich in seinem Kreise eigen und frei entwickelt. Dies ist die Ewigkeit der Welt und meine freie Ewigkeit in ihr, und darum bin ich in Kampf gegen meinen Vater gerathen, weil er diese Freiheit eigener Entwickelung mir versagt. (Am Tische stehen bleibend.)

Katte (ironisch).

Allerdings aber nicht mehr versagen wird, wenn er erfährt, daß sein Sohn sich völlig losgesagt hat von der verhaßten kalvinistischen Lehre.

Friedrich (für sich).

O nein. (Er sinkt auf den Stuhl. Lauter) Mein Vater befiehlt seinen Glauben; er gestattet nicht, daß man sich einen eigenen suche. Darum ist es gleichgültig, ob ich in einem Hauptpunkte mit ihm zusammentreffe. (dumpf) Wir bleiben doch tiefgeschieden, wenn er die Freiheit meiner Seele nicht anerkennt.

Katte.

Das wird er nie! Das wissen Sie im tiefsten Innern, und wollen dennoch nicht fliehen!? So viel System und so wenig Consequenz!

Friedrich (leise).

System! Hätt' ich eins, ich wäre beschränkter, aber ruhiger. Ich bin ein junger Mensch, der umhertastet. Meine Gedanken sind Wallungen. — Ich bin unglücklich, weiter nichts.

Zweite Scene.

Wilhelmine. — Doris. — Die Vorigen.

Wilhelmine
(links hinter der Thür, welche geöffnet wird).

Musik, Musik!

Doris
(im weißen Costüm einer Römerin und einen silbernen Armleuchter mit brennenden Kerzen tragend, tritt aus der Thür, und trägt den Leuchter hin-über nach dem Tische, an welchem Friedrich sitzt).

Wilhelmine
(in eben solchem Costüme, tritt schnell hinter ihr ein, die Thür hinter sich offen lassend, und überholt Doris, direct auf die Thür rechts zugehend).

Warum schweigt die Musik noch? Katte = Britannicus, ans Werk! Wir beginnen, Prinz Frédéric! (Rechts ab.)

Katte

(mit einer Geberde, welche den auf nichts achtenden Friedrich der Prinzessin zeigen will, folgt ihr).

(Es beginnt von rechts aus dem offen bleibenden Zimmer eine ganz schwache Musik von Geige und Flöte.)

Doris

(nachdem sie theilnahmvoll den Prinzen betrachtet und einige Schritte zur Seite getreten, für sich).

Wie traurig sieht er aus!

Friedrich

(sie gewahrend, ohne daß er seine Stellung verändert).

Ah, Dorothee! — Dennoch zur Junia verwandelt!?

Doris.

Nicht wahr, wir sollen nicht spielen?

Friedrich (schüttelt verneinend das Haupt).

Doris.

Sie blicken gar so traurig, Prinz!

Friedrich.

So kennst Du mich nicht!? Schwer ist mein Muth, ja wohl, mein Witz am Ende. Es ist hier Alles aus den wahren Fugen. Der Freund kein Freund; der Herr ein Feind, welcher mit dem Vater Versteckens spielt, der Geist verdächtig, und der Glaube — fern! Was soll mich aufrecht halten?

Doris.

Ein gutes Gewissen, Herr.

Friedrich.

Wer hat's? Wer sich selbst gemäß bleibt und wahrhaftig. Ja. Danach verlangt meine Seele und — Du

haſt Recht. So ſei und bleibe es. Auch nicht um Liebe und
Frieden ſoll man ſich verläugnen. Aber Freude giebt's da
nicht, liebe Doris!

Doris.

O doch! Ein gutes Gewiſſen ſegnet ja unſer Herz mit
ſchönen Träumen und mit lieblichen Wünſchen.

Friedrich.

Mit lieblichen Wünſchen?

Doris (verlegen).

Mit beſcheidenen Wünſchen.

Friedrich.

Ja, glücklich der, welcher noch lieblich und beſcheiden
wünſchen kann, und nur der! Siehſt Du, das iſt einem
Kronprinzen, wie mir, nicht beſchieden. Was mir als
Blumenhauch davon werden konnte, das ward in erſter
Blüthe ſchon zerſtört. (Sie mit unſcheinbarer Bewegung zu ſich
winkend und gleichzeitig leiſe fortſprechend) In Dresden war's. Zum
erſten Mal ſah ich ein ſchönes Land, und ringsum ſchöne
Form und Reizung des Geſchmacks, und — ſah ein Weib.
(erbittert) Wie wurde das zerknickt! (ergrimmt) Das Herz
für immerdar zermalmt!

Doris (halblaut).

Gewiß nicht. Mein Vater ſagt: Das Herz ſei das Leben,
und nur der Tod zerſtöre es.

Friedrich.

Schöner Wahn! — (Ihr die Hand entgegenſtreckend) Lehr'
mich ihn glauben! Kannſt Du?

Doris (zögernd ihm die Hand reichend).

O Herr; wenn ich's vermöchte! (enthusiastisch) Das wäre ein Weg zu dem Zustande göttlicher Menschen, von dem Sie oft mit uns gesprochen!

Friedrich.

Zum Ideal unserer Träume. Die Menschen sorgen dafür, daß es Träume bleiben.

Doris (vorwurfsvoll).

Und wir machen's nicht besser, Prinz! (leiser) Ich glaube, wir sind herzlich ungeschickt und (schalkhaft) gar zu traurige Flötenspieler. In der Flöte schlummern auch muntere Weisen —

Friedrich.

Seht doch, die kleine Doris spricht mir Courage zu!

Doris.

Ich meine nur, Sie sollen sich nicht wieder verstimmen lassen gegen den König. Es ist ein unbeschreiblich süßer Trost, seinen Vater von ganzem Herzen zu lieben. Sie können gewiß noch lieben!

Friedrich.

Die Königin! (Rasch aufstehend.)

Dritte Scene.

Die Königin. — Die Vorigen. — Dann Wilhelmine.

Königin

(ist bei den letzten Worten aus der offenen Thür links mit raschem Schritte eingetreten und hat die Gruppe betrachtet, indem sie unweit der Thür stehen geblieben).

Friedrich

(zu ihr eilend und ihr die Hand küssend).

Meine gnädigste Mutter!

Königin

(macht eine fortweisende Bewegung für Doris, und ruft nach dem offenstehen-
den rechten Zimmer hinüber).

Wilhelmine!

(Die Musik hört auf.)

Friedrich

(indem er einen Sessel der Königin zuträgt, winkt Doris, nach links, von wo
die Königin gekommen, abzugehen).

Doris (links ab, und die Thüre schließend).

Wilhelmine

(von rechts auftretend und die Thür ebenfalls hinter sich schließend).

Königin.

Seid Ihr thöricht, meine Kinder?! Mit solchen Dingen und Leuten beschäftigt Ihr Euch, während Alles auf
dem Spiele steht! Der König ist noch im Schlosse, und
allem Anschein nach von schlimmster Stimmung. Daß
Du nicht zur Postille gekommen, hat Eure ohnedies nichtige
Versöhnung umgestürzt. Noch mehr! Die Kaufleute,
bei denen Du Reisegeld erhoben, haben unvorsichtiger

Weise ihre Besorgniß laut werden lassen, als sich gestern und heute das Gerücht von Deiner bedrohlichen Ungnade verbreitet hat. Das hat Grumbkow erfahren, und seit einer halben Stunde weiß der König, daß Du Schulden gemacht. Wir wissen alle, wie streng er hierüber denkt! Endlich — und das treibt mich her; es muß rasch von unserer Seite gehandelt und vorgebaut werden! (Sie setzt sich.)

Wilhelmine.

{ Nun?

Friedrich.

{ Endlich?

Königin.

Der außerordentliche Gesandte Englands ist nicht nur in Berlin —

Wilhelmine.

Oh!

Friedrich.

Nicht nur in Berlin?

Königin.

Er ist hier im Schlosse!

Friedrich.

{ Wie?!

Wilhelmine.

{ Der Chevalier Hotham?! Beim Könige?

Königin.

O nein. Bei mir. Ein Mißverständniß hat dieses Wagniß veranlaßt. Der König wollte ja fort, und nur der neue Groll gegen Dich (zu Friedrich) hat die Abreise ver=zögert. Letzteres konnte der Chevalier nicht wissen. Er hat die Unvorsichtigkeit begangen, nach Deinen (zu Friedrich) Zimmern zu fragen; das haben die Spione sicherlich sogleich hinterbracht, und Du magst ermessen, wie dieser Dein neu= entdeckter gefährlicher Verkehr den König erregt haben wird. Soeben hat er Dir Alles verziehen, unverdient, wie er meint, und auf der Stelle kommen Deine ärgsten Schritte und Umtriebe, wie er es nennt, zum Vorschein. Gerade weil er Dir eben verziehen, wird er jetzt außer sich sein.

Friedrich.

An alle dem bin ich unschuldig.

Königin.

Was nützt Dir das! Ernsthaft und schnell mußt Du handeln, um Dich sicher zu stellen. So hört! Wartens= leben ist dem Chevalier im Schlosse begegnet und hat ihn zu mir geführt. Bei mir kann er im schlimmsten Falle gefunden werden. Er bringt mir Privatnachrichten von meiner Familie. Das laß ich mir nicht wehren. Bei Dir aber (zu Friedrich) wird man ihn suchen. Gegen das Wetter, welches hierbei ausbrechen kann, mußt Du sogleich Vor= kehrungen treffen. Und zwar folgende: Mein Bruder, der König von England, sendet Alles, was wir gewünscht. Den Heirathsvertrag für Euch beide in vollständiger Form. Außerdem die geheimen Bedingungen, welche wir getrost unterschreiben können. Die wichtigste ist der Sturz Grumb= kow's, und was könnte uns erwünschter sein! Sobald Du (zu Friedrich) unterschrieben, erhältst Du auch formell unmittel= baren Schutz von England, und bist sicher gestellt gegen jeden unbemessenen Ausbruch des Königs — so kommt,

meine Kinder, und vollzieht den Act, welcher uns endlich be=
freit; der Chevalier wartet Euer! (Sie will sich erheben, bleibt
aber sitzen bei den nächsten Worten Friedrich's.)

Friedrich.

Meine gnädigste Mutter, das kann ich nicht!

Königin.

Friedrich?!

Wilhelmine.

Friedrich!

Friedrich.

Das darf ich nicht. Ich bin vielleicht genöthigt,
meinem Vater in den wichtigsten Fragen entgegen zu treten.
Das tiefste Bedürfniß und mein Gewissen kann mich hierzu
zwingen. Aber in allen Staatsfragen kann ich und
werd' ich heimlich nichts gegen ihn unternehmen: meinen
König werd' ich nimmermehr hintergehn. Persönlichen
Schutz kann ich bei England suchen, nie aber um den Preis
einer solchen Verpflichtung. So sehr ich Grumbkow's
Sturz, so sehr ich ein anderes Regierungssystem wünsche, so
wenig darf ich und werd' ich dies erstreben auf einem Wege,
welchen ich politischen Verrath nennen müßte. Politischer
Verrath wäre es, wenn ich durch meine Unterschrift England
bevollmächtigte, in Preußens innere Angelegenheiten befehls=
haberisch einzugreifen — ich kann solche geheime Bedingun=
gen Englands n i c h t unterschreiben.

Königin (leise).

Hab' ich's doch gefürchtet!

Wilhelmine.

O Fritz! Dies ist der Augenblick, auch mich zu retten,

mir die längst ersehnte Stellung am Throne Englands zu
sichern — und Deiner Schwester versagst Du im entscheiden=
den Augenblicke die hilfreiche Hand!

Friedrich (schmerzlich).

Wilhelmine!

Königin (leise beginnend).

Er ist seines Vaters Sohn! Rechthaberisch und hart
und — empfindungslos. Unseliges Kind, auf welches ich
all' meine Hoffnungen gebaut, Du zerstörst all' meine Pläne,
uns Alle und Dich selbst! Gegen Deinen Vater willst Du
auftreten und verschmähst den Rückenhalt, den ich Dir
biete?! Du gehst zu Grunde, wenn nicht die Meinigen
aus England dazwischen treten können mit der Verbin=
dungsacte in der Hand, wenn sie nicht auf diese Acte
deutend, sagen können: Halt, König, Prinz Friedrich ge=
hört zu unserer Familie und genießt unsern vollständigen
Schutz. Kennst Du Deinen Vater?! O Du kennst ihn
nicht, wenn Du meinst, ohne solche Hilfe gegen ihn bestehen
zu können. Ich kenne ihn und ich habe ihn gesehn, als
Eversmann vorhin tückisch meldete, daß Du die Einladung
zum Abendgebet schnöde abgewiesen, als Grumbkow die
Anklage auf Schuldenmacherei listig ans züngelnde Feuer
legte, und ich sage Dir: waffne Dich mit allen Schutzmitteln
für die nächste Begegnung Deines Vaters! — So ist die
Lage. Und jetzt willst Du zögern, willst spitzfindige Unter=
scheidungen machen? Friedrich! Mein Sohn! Du hast
nur zwischen zwei Wegen zu wählen: entweder ergreife den

Schutz Englands, welcher Dir jetzt geboten wird, oder er= greife die Flucht auf der Stelle! (Sie ist gegen Ende der Rede aufgestanden und streckt ihm jetzt beide Arme entgegen) Komm!

Wilhelmine.

Ueberwinde Dich, Fritz, um meinetwillen!

Friedrich (nach kurzem Kampfe schmerzlich).

Schwester! Mutter! Ich kann es nicht! (Er fällt der Königin, welche in den Sessel zurücksinkt, zu Füßen und ergreift ihre Hände.) Vergeben Sie mir, Mutter!

Königin
(ihm die Hände entziehend und sich die Augen bedeckend).

Nun weh uns Allen!

Friedrich.

Man wird Tyrann, wenn man Alles befehlen kann, und wird Tyrann, wenn man sich Alles erlaubt!

Wilhelmine (halblaut).

Ein Tyrann wirst Du doch!

Friedrich (aufspringend).

Schwester! Mutter! Es ist eine eiserne Stange in mir, das ist Recht und Gerechtigkeit; gegen diese kann ich nicht, an dieser eisernen Stange erhalt' ich mich. Ich muß Recht haben, wenn ich der Tyrannei meines Vaters widerstehen soll; ich kann König und Staat nicht an Eng= land überliefern, ich will selbst König dieses Staates werden.

Königin (aufstehend).

So helf Dir Gott: uns machst Du's unmöglich. (Sie tritt einige Schritte rechts zu Wilhelmine und wendet sich vor dieser erst (zum Abgehen.) Arme Tochter! Trenne Dein Schicksal von dem seinigen. Dieser Verkehr mit gemeinen Leuten (nach den Thüren rechts und links blickend), welchen ich soeben gestört, ist unschicklich. (Sie geht nach links gegen die Thür.)

Friedrich.

Sie sind ja Menschen gleich uns!

Königin
(an der Thür, welche Friedrich vor ihr aufstößt).

Das sagt Einer, der mit seiner Neigung zu einer Schulmeisterstochter hinabsteigen kann. (Ab. Die Thür schließt sich hinter ihr.)

Friedrich
(an der Thür stehen bleibend, sagt unter verneinenden Zeichen).

Ich wollt', ich könnte es!

Wilhelmine
(welche rechts am Tisch geblieben, halblaut).

Auch s i e liebst Du nicht?

Friedrich
(auf seiner Stelle bleibend und das Haupt schüttelnd).

O nein.

Wilhelmine (sehr schmerzlich).

Wir hätten nichts als uns?

Friedrich.

Sonst nichts. (Einen Schritt ihr entgegentretend, ganz leise) Wenn wir uns noch haben! Wenn nicht auch meine Schwester ins Gericht geht mit meinem trocknen Herzen. — Wilhelmine! Ich kann nicht anders.

Wilhelmine.

Gott schuf uns so. Wir armen Königskinder! (Die

Arme gegen ihn ausstreckend, mit tiefer Empfindung) **Friedrich** — (Sie eilt ihm entgegen.)

Friedrich (desgleichen).

Meine Schwester!

Vierte Scene.

Page. — Grumbkow. — Die Vorigen.

(Ehe sie sich erreichen, hört man ein zweimaliges Händeklatschen hinter der Mittelthür.)

Wilhelmine.

Der Page! Wir werden überfallen!

Page (öffnet hastig die Mittelthür).

General Grumbkow kommt den Corridor herab und schnellen Schrittes.

Wilhelmine.

Weh uns!

Friedrich.

Zum Henker diese Wachtstubenwirthschaft! Hinaus Page, er soll sich melden lassen! (Nimmt seinen Degen — welches kein Galanteriedegen sein darf — vom Tische und steckt ihn an; entrüstet quer umhergehend.)

Page (verlegen an der Thür stehen bleibend).

Königliche Hoheit!

Wilhelmine

(welche nach rechts sich wendet, bleibt bei dieser Aeußerung Friedrich's stehen, ohne die Richtung aufzugeben).

Vorsicht, Fritz, wir sind in seinen Händen! Ich eile, Katte und die Musiker — zu spät!

(Sie sieht Grumbkow an der Thür und eilt nach dem Vordergrunde rechts.)

Grumbkow

(hat die Thür geöffnet bei den Worten: „Ich eile" und sagt schnell halblaut
zu dem Pagen).

Solch Betragen wird Euch Dienst und Laufbahn kosten,
Page! (Er tritt ein und sagt laut) Königliche Hoheit —

Friedrich (heftig).

Wer erlaubt dem General Grumbkow, unangemeldet
ins Zimmer des Kronprinzen zu dringen?

Grumbkow.

Der König.

(Kurze Pause. Friedrich bleibt links im Vordergrunde stehn. — Grumb=
kow nähert sich nur noch einige Schritte inmitten der Bühne.)

Grumbkow.

Er folgt mir auf dem Fuße.

Friedrich (halblaut zu Wilhelmine).

Eile in Dein Zimmer, Du bist fremd gekleidet!

Wilhelmine (ebenso).

Du ja auch! Laß mich bei Dir!

Grumbkow.

Ich bin vorausgeeilt, königliche Hoheit, uns einige
Augenblicke friedlicher Unterredung zu retten, friedlicher
Capitulation, wenn eine solche möglich ist.

Friedrich (ohne ihn anzusehn).

Sie ist unmöglich —

Wilhelmine (halblaut).

O Friedrich!

5 *

Friedrich.

Unmöglich zwischen mir und einem — so gewandten Minister, der zwei Herren dient. (Grumbkow winkt dem Pagen zu gehn; dieser bleibt aber.) Auf meiner Seite ist kein Platz für die Geschäftsträger des Kaisers. Wollen Sie denn noch einen dritten Dienst? Sie wissen ja am Besten, daß ich arm bin wie ein Bettler. Wozu also? Begnügen Sie sich mit dem seltenen Ruhme, von zwei Fürsten gleichmäßig besoldet zu werden für ganz entgegengesetzte Dienste und als Brandenburger, als preußischer General den Vortheil des Kaisers zu vertreten am Hofe zu Berlin.

Grumbkow
(halblaut aber streng zum Pagen).

Fort!

Page (ab durch die Mittelthür).

Grumbkow.

Gegen solche Anklage werd' ich mich erst vertheidigen, wenn das Unwahrscheinliche eintritt, das heißt: wenn Eure Hoheit König von Preußen werden sollte.

Friedrich (sich entrüstet nach ihm wendend).

General!

Wilhelmine. (desgleichen).

General!

Grumbkow.

Dann wird mein Kopf dafür einstehen, daß ich mit allen Kräften dem Kronprinzen widerstrebt, daß ich für eine Allianz mit dem Kaiser gearbeitet. Mich dünkt, eine Allianz der Krone Preußen mit dem deutschen Kaiser ist

mindestens ebenso natürlich, als eine Verbindung mit England, für welche Sie Alles wagen, Prinz, Alles bis auf die
Sicherheit — Ihrer persönlichen Freiheit.

Friedrich.

Grumbkow!

Wilhelmine.

Grumbkow!

Grumbkow.

Bis auf die Sicherheit Ihrer persönlichen Freiheit.
Und zwar wenigstens. Ich kenne alle Ihre geheimen Umtriebe, Prinz; ich bin Ihr Feind, der als solcher jeder
Bewegung seines Gegners folgt. Ich kenne Charakter und
Temperament des Königs, ich weiß, was entstehen muß
jetzt, da er seine geschenkte Aussöhnung verhöhnt sieht,
jetzt, da Sie Ihre verbotenen Schritte und Verbindungen
nicht abgebrochen, sondern erneut haben am Tage der ge-
schenkten Versöhnung selbst, ja in der Stunde der Versöhnung, ich weiß, was bevorsteht, augenblicklich bevorsteht,
denn ich weiß, wer in Berlin, wer hier im Schlosse, wer
dicht in unserer Nähe ist — der abgelöste Fels ist im
Rollen gegen Sie, Prinz, und ich allein kann ihm noch
eine gefahrlose Richtung geben, wenn Sie meinen Vor-
schlägen nachkommen wollen, oder wenn Sie mich überzeugen, daß ich — Unrecht habe in meiner Feindschaft
gegen Sie.

Wilhelmine.

Sie überzeugen, der seinen Vortheil darin sucht und
findet: unser Feind zu sein.

Grumbkow.

Sie irren, Prinzessin, ich würde es für meinen Vortheil erachten, Partisan des Kronprinzen sein zu können. Der König, unser Herr, ist gefährlichen Anfällen seiner Blutfülle ausgesetzt, und ein Schlagfluß kann ihn plötzlich hinweg= raffen. Geschieht dies — und wenn der Kampf mit seinem Sohne wieder ausbricht, so kann es täglich geschehen — geschieht dies, so bin ich verloren. Die ganze königliche Familie haßt mich — was wäre mein Loos! Niemand wünscht lebhafter als ich, daß eine Ausgleichung möglich wäre. Aber sie ist nur möglich, wenn die Jugend auf den Rath erfahrener Männer hört.

Friedrich
(sich den Stuhl holend, auf welchem die Königin gesessen, und sich links im
Vordergrunde darauf lehnend).

Wenn die Jugend sich alt machen läßt! Worin besteht die Ausgleichung, wie Sie höflich Ihre Bedingungen nennen?

Grumbkow.

Zuerst die englischen Heirathen aufzugeben.

Friedrich.

Natürlich!

Grumbkow.

Sie haben keinen politischen Werth. Auf jenen Inseln regieren Landedelleute und Kaufleute nach ihrem Vor= theile; das herrschende Königshaus hat nichts zu ver= schenken.

Friedrich.

Zwei mal Zwei ist Vier! Ist nicht unrichtig gerechnet.

Wilhelmine.

O Fritz!

Friedrich.

Ihr gebt mir also eine Frau mit politischer Zukunft!
Zum Beispiel des Kaisers junge Tochter Maria Theresia!

Grumbkow.

Hoheit —

Friedrich.

Der Kaiser gebe ihr Schlesien zur Morgengabe und in
Breslau werde ein Zwischenthron errichtet. Den will ich
heiter besteigen, zunächst wie König René, und will meine
Provence schäferlich regieren. Da ruht ein politischer Keim.
Der Kaiser hat keinen Sohn und Prinz Eugen ist genialer
Pläne fähig. Der Fuß im Norden, der Arm im Süden,
Auge und Ohr überall und das Herz auf dem rechten Flecke,
ist das Politik, Herr General?

Grumbkow.

Das ist Phantasterei, und gerade diese fürchten wir von
Ihnen, Prinz. Besonnen, nüchtern, kernfest muß der Fürst
sein, der dies junge, arme Königreich erhalten will, das
Reich der Mark, wo nur die Kiefer wächst und nicht die
Palme der Provence. Eben Ihre ausschweifenden Projecte
fürchten wir, und mit ihnen können Sie nicht König von
Preußen werden.

Friedrich.

Wirklich? Macht Könige und setzt sie ab wie ein mär=
kischer Majordomus! Nur weiter, weiter! Was kommt zu
Zweit?

Grumbkow.

Die Religion!

Friedrich.

Erst in zweiter Linie?! Sehr leichtsinnig!

Grumbkow.

Sie spotten ihrer.

Friedrich.

Umgekehrt: I h r thut's.

Grumbkow.

Der Spötter findet ein saures Gelächter, aber er findet
nie und nirgends Vertrauen. Er kann nicht regieren. Das
Volk ist ein Kind: wer ihm seinen Glauben stören will,
macht es unglücklich —

Friedrich.

Mit dem Baum der Erkenntniß!

Grumbkow.

Verliert es die Kindheit, so wird es ein Thier!

Friedrich.

Oho!

Grumbkow.

Und hat es einmal Blut gesehen, so wird es ein reißen=
des Thier.

Friedrich.

Pfui doch! Gesetz hält Firmament und Erde. Ver=
nunft regiert die Welt.

Grumbkow.

Und zerstört sie. Mit unsäglicher Vorsicht ist nun bei=
nahe ein Jahrhundert jeder so leicht entzündliche Streit des

Glaubens niedergehalten worden; soll er wieder entzündet
werden durch den Fürsten selbst, welchem der Funke eines
Witzwortes wichtiger ist als die Ruhe des Herkommens?
Nein!

Friedrich.

D r u ck entzündet Glaubensstreit, Toleranz löscht ihn.

Grumbkow.

I h r e Toleranz heißt Verachtung des Glaubens.

Friedrich.

Verachtung des Fanatismus!

Grumbkow.

Und Toleranz entfesselt die F r e ch h e i t.

Friedrich.

Frechheit übt der, welcher den Glauben befehlen will.

Grumbkow.

Kurz, Prinz, so viel an mir liegt, soll kein Glaubens=
spötter von diesem Schlosse aus regieren.

Friedrich (rasch nahe zu ihm gehend).

Und so viel an mir liegt, soll kein märkischer Edel=
mann mit der Erfahrungsweisheit furchtsamen Alters sich
überheben, und die Zukunft bestimmen, die mir gehört.
(An seinen Platz zurückkommend) Der Nebel zerreißt vor meinen
Augen. Es war eine weichmüthige Schwäche von mir, da
eine Versöhnung zu suchen und zu hoffen, wo zwei ewig
feindliche Gewalten einander gegenüber stehn, die Wahr=
heit und die Lüge! Denn der beschränkte Sinn, wenn er

gebietet, erzeugt die Lüge. Flieg auf, Melancholie! Ich will
vertreten, was ich bin.

(Kurze Pause.)

Grumbkow

(sich nach der Mittelthür umsehend, hinter welcher man das Aufstoßen von
Gewehrkolben hört).

Der König kommt, und so beginne denn, was ich gern
verhindert.   Denn was ich außerdem zu verlangen hätte,
das würde Ihre persönlichen Liebhabereien noch empfind=
licher treffen.   Der Mensch opfert leichter Grundsätze als
Neigungen.

Friedrich.

Der gedankenlose Mensch!

Grumbkow

(einen Schritt zutretend, lebhaft und dringend).

Nun denn, mein Prinz, opfern Sie Ihrer Zukunft
wenigstens die Gelüste einer Freigeisterei, welche nicht
nur die Religion beleidigt, sondern auch die Sitten, die
Gewohnheiten und die Nothwendigkeiten dieses Landes. —
Sie vernachlässigen das Soldatenthum — Sie sind kein
Krieger!

Friedrich (lachend).

Es lebe der Unterofficier!

Grumbkow (streng).

Dies ist der Kern meines Grolls gegen Sie. Wir bil=
den nur ein Königreich durch unsere Waffen.   Wer König
von Preußen sein will, muß Kriegsmann sein können vom
Scheitel bis zur Zehe. Nicht brotlose Künste können hier
gedeihn in unseren sandigen Ebenen, wo Sparsamkeit und

Einfachheit die erste Forderung, nicht Musikanten und Komödianten sind hier am Orte!

Friedrich (lächelnd).

Sie sind nicht musikalisch, General?

Grumbkow

(schweigt einen Augenblick betroffen von dem Spotte und fährt dann entrüstet auf).

Nun also, blanke Münze gegen blanken Spott! (Er tritt näher und spricht halblaut) Zum Beweise, ob solche Spielerei zur Sittenlosigkeit und zum Scandale führt, fragen Sie die Leute in Potsdam, warum sie mit Fingern zeigen auf Doris Ritter, warum sie kopfschüttelnd sagen: sie hat sich den schönen Künsten, dem lustigen Leben hingegeben zur Ergötzung — des Kronprinzen!

Wilhelmine

(zu Friedrich nach links hinübereilend).

O Fritz, welche Menschen!

Friedrich.

Vergieb ihm, Klatscherei ist sein Amt. Die Menschen werden am leichtesten gemein, wenn sie den Himmel in Pacht zu haben glauben wie ein Privilegium. Jeden Unprivilegirten betrachten sie als vogelfrei.

Grumbkow (in größter Entrüstung).

Fürwahr und wahrhaftig, solche Begegnung entfesselt auf der Stelle das Strafgericht, welches über diesen Zimmern hängt. Zeugen entscheiden ja vor Gericht, auch gegen eine Prinzessin, welche die Huldigungen eines Herrn von Katte verborgen glaubt. Man wird die Zeugen suchen hinter (auf links hinüberdeutend) diesen Thüren! (Er geht auf die Thür rechts zu und streckt die Hand aus, um sie zu öffnen.)

Friedrich.

Halt, Grumbkow! Auf jener Schwelle liegt mein Degen!

Grumbkow.

Ich seh ihn nicht.

Friedrich
(an seinen Degen greifend, als wollte er ihn aus der Scheide ziehen).

So wirst Du ihn fühlen.

(Kurze Pause.)

Page (öffnet die Mittelthür ganz und ruft).

„Der König!"

(Die Thür bleibt offen. Man sieht durch den Corridor die Treppe herab Eversmann kommen mit einem großen Buche. Corporal Lerche mit zwei Soldaten ist schon aufgestellt nahe an der Thür zu beiden Seiten des Corridors. Während Eversmann langsamen Schrittes vorkommt bis links in den Vordergrund, schickt Lerche einen seiner Soldaten rechts auf den Säulenbalkon vor dem Fenster, den andern links, sich selbst links im Profil so aufstellend, daß er den Zutritt nicht beengt, und die Honneurs vor dem Könige macht, wenn dieser später vorübergeht. In einiger Entfernung hinter Lerche kommen Wartensleben und Buddenbrock und stellen sich zu beiden Seiten im Corridor auf, erst bis außen an die Thür folgend, wenn der König, der zuletzt kommt, an ihnen vorüber ins Zimmer getreten ist.)

(Kurze Pause nach der Ankündigung des Pagen.)

Grumbkow (rechts an der Thür, halblaut).

Besteht der Kronprinz auf den Grundsätzen und Gewohnheiten, die ich auf Leben und Tod verfolgen muß?

Friedrich
(auf der äußersten Linken im Vordergrunde, ebenfalls halblaut).

Glaubt Ihr, ich werde der Furcht einräumen, was ich der Beweisführung versagt?

Grumbkow (für sich, kaum vernehmbar).

Das läßt sich hören.

(Unter diesen Worten ist Eversmann bis in den Mittelgrund gekommen und bleibt dort, etwas nach links, stehen, sein großes Predigtbuch aufschlagend.)

Fünfte Scene.

Die Vorigen. — Eversmann. — Der König. — Buddenbrock. Wartensleben. — Zuletzt Doris.

Wilhelmine (leise zu Eversmann).

Was will der König?

Eversmann (trocken).

Weiß es nie eher, als bis er's ausgesprochen hat — auch wenn ich's weiß.

Wilhelmine (leise).

Ihr werdet's einst bitter bereuen, immer g e g e n den nächsten König gehandelt zu haben!

Eversmann (trocken).

Ich handle gegen Niemand, denn es hat Jeder Recht; ich folge meinem Herrn, das ist Alles.

König

(tritt rasch ein in großer innerer Aufregung, die er niederzuhalten bemüht ist, sieht nach dem Waffengestell und rührt prüfend an eine Waffe, dann schreitet er zum Fenster links und reißt einen Flügel auf, leise vor sich hinsagend)

„Zum Ersticken!" (dann kommt er in der Mitte vor, ohne einen Blick nach links auf Wilhelmine und Friedrich zu werfen.

Er sieht nur rechts auf Grumbkow und indem er diesen mit dem Blick gleichsam herbeibefiehlt, spricht er) Nun?

Grumbkow

(dem Blicke des Königs sogleich folgend und nahezutretend, ehe noch der König sein „Nun?“ ausgesprochen, antwortet auf dieses halblaut und mit strengem Tone).

Er ist unverbesserlich, Majestät.

König (gepreßt, halblaut).

So helf' ihm Gott — und mir unglücklichem Vater!

(Er wendet sich, ohne zu gehen — wie er denn überhaupt nur da gehend zu spielen ist, wo es besonders angegeben wird, und übrigens durchgehends fest auf seiner Stelle bleibt — nach der linken Seite, und tritt betroffen einen Schritt zurück, als er Friedrich in dem französischen Anzuge erblickt. Mit halber Stimme) Im rothen Rock! Mit fliegendem Haar! was ich so streng untersagt! (laut) Dies ist des neuen Oberst=leutnants Uniform?

(Buddenbrock und Wartensleben treten über die Schwelle.)

Friedrich.

Ich bin auf meinem Zimmer, Majestät, und nicht im Dienste. Haben Sie nicht in der Jugend die Perücke mit Füßen getreten? Warum sollte der Zopf unsterblich sein?

König.

So? (sich bekämpfend) Ruhig! — (zu Wilhelmine) Und Du auch!? Es ist also wirklich wahr, daß Ihr hier bei Geige und Querpfeife lüderliche Komödien spielt, während ich Euch vergeblich zur Abendandacht erwarte? Antwort!

Friedrich.

Von keiner lüderlichen Komödie war hier die Rede, sondern von Racine's Britannicus, einem Kunstwerke, welches den Tyrannen Nero entwickelt zu schrecklichem Beispiele.

Wilhelmine (rasch).

Wir haben aber nicht gespielt, Majestät.

König (ohne darauf zu hören).

Zu schrecklichem Beispiele? Wohl für christliche Herrscher?

Friedrich.

Jedes Spiel von Bedeutung sucht eine Deutung.

König (zusammenfahrend).

Hoho! (für sich) — Geduld — Und das — nachdem ich Dir eben — aus freiem Drange meines väterlichen Herzens Alles verzieh'n. — Die Sonne war kaum unter= gegangen darüber, nein, sie stand noch am Himmel, ich hatte kaum den Rücken gewendet, da begannst Du auf's Neue mit Deinem nichtswürdigen Consorten mit Deinem Franzosenthum und Heidenthum, — empfingst meinen Diener, meine Botschaft mit frechem Hohn —

Friedrich (stark).

Sie hatten mir eben zugesagt, Majestät —

König (schnell einfallend).

Die Botschaft war a l t, es war keine Zeit gewesen, Dich davon auszunehmen; der Diener that nur seine her= kömmliche Schuldigkeit. Aber richtig oder unrichtig, er that sie in meinem Namen. (stark) Das war genug, um ihr Folge zu leisten, schweigend! (schwach und dann weich) Ich spreche gar nicht davon, das wäre zu viel! daß ein Sohn seinem Vater etwas zu Liebe thun könnte in der Stunde der Versöhnung, nur gerade in dieser Stunde — daß ein

Sohn noch einmal mit seinem Vater beten möchte, Gott danken möchte für wiedergefundenen Frieden —

Friedrich.

Mein Vater!

König (rasch).

Genug — ich weiß nun, woran ich bin! Ich weiß auch, junger Mann — (einige Schritte vorn auf ihn zugehend) daß Du noch einen ganz andern Grund hattest, die heutige Postille zu vermeiden. (Er tritt ganz nahe zu ihm.) Du weißt, welcher Abschnitt heut' an der Reihe ist!

Friedrich.

Nein.

König (ohne darauf zu hören).

Und willst gerade diesem Abschnitte aus dem Wege gehn —

Friedrich.

Nein.

König.

Wir wollen uns nach so übel gerathenem Versuche nicht mehr aus dem Wege gehn, junger Mann! Du wirst hören, was Du hören sollst. Eversmann, lesen! (geht, bleibt aber sogleich bei Friedrich's folgender Rede stehen.)

Friedrich (heftig).

Majestät! Dieser Diener, welcher uns peinigt, ist mir kein würdiger Mund für das, was Gottes Wort heißen soll.

König (sich nur halb nach ihm wendend).

Heißen soll? — (mit kaum verhaltenem Grimme) Wäge Deine Worte mehr denn je! — Du affectirst am Ende gar noch! Spielst den Liebhaber für Geistliche! — (geht zum Tisch und Stuhle, und den Hut abnehmend sagt er zu Allen) Achtung! (Die Generale hinten nehmen die Hüte ab.) Eversmann, les' Er, und beton' Er die Hauptpunkte mit Nachdrücklichkeit!

(Er setzt sich und faltet die Hände, die Augen nur auf Friedrich gerichtet. Sollten Eversmann oder Wilhelmine zufällig zu weit vorstehen und den König hindern im Anblicken Friedrich's, so rückt sich der König den Sessel vor.)

Eversmann (liest).

„An einem stillen Sommer-Abende wie heut', wo sich die Gnade des Herrn so überschwenglich offenbart im Segen der Felder und Bäume, da ist es absonderlicher denn jemals angezeigt für jedes Menschenkind, sich in das unergründliche Wesen des Herrn Zebaoth zu versenken. Was ist das unwürdige Ding Mensch geheißen im Vergleiche zu ihm?! Ein Grashalm, ein Schilfrohr. Durch einen Nachtregen entstanden, durch ein Hagelkorn vernichtet. Jedennoch bleibt es ein verdammungswürdiges Treiben, wenn der Bischof zu Hippo, Augustinus, lehrt, daß Gott schon vor Erschaffung der Menschen beschlossen habe: einen Theil der Menschen den ewigen Strafen zu entreißen, und den andern Theil den ewigen Strafen anheim zu geben" —

König.

Verdammungswürdig!

Eversmann (ohne Unterbrechung fortfahrend).

„Welches schon durch Pelagius widerlegt, durch die Thomisten und Scotisten wieder verwirrt, und selbst durch die Reformatoren nur mit unsäglicher Mühe geschlichtet

worden ist. Denn selbst zu Anfange des 17. Jahrhunderts
noch ist in den Niederlanden dieser Streit nochmals geführt
worden von den Remonstranten und Contraremonstranten.
Es ist endlich jedes guten Christen heilige Pflicht, diese alte
Irrlehre mit Stumpf und Stiel auszurotten" —

König.

Mit Stumpf und Stiel!

Eversmann (fortfahrend ohne Unterbrechung).

„Diese heidnische Lehre der Prädestination, die Lehre
von der ewigen unabänderlichen Vorherbestimmung, welche
leider auch von Kalvin gelehrt worden ist, und welche denn
als gründlich kalvinistisch von uns verdammt werden muß
bis in den Abgrund der Hölle" —

Friedrich
(bei den letzten Worten eine mißbilligende Bewegung nicht verhaltend).

König
(bei dieser Bewegung Friedrich's heftig auffahrend).

Da zuckt er! Ich wußt' es wohl! (einige Schritte auf ihn zugehend) Er ist solch ein Heide und Kalvinist.

Friedrich.

Nein.

König.

Ich hab' es gesehen, wie die Mißbilligung über Dein
Antlitz fuhr!

Friedrich (sehr schnell und heftig).

Ja!

König (ebenso).

Du bist Kalvinist!

Friedrich (ebenso).

Meinetwegen auch Kalvinist!

(Pause. Allgemeines Stillschweigen.)

König

(die Arme sinken lassend, tief betroffen).

Da ist's heraus! — — (schmerzlich) Dies ist mein Sohn! dem ich dies evangelische Königreich hinterlassen soll — ein Kalvinist! — (in steigendem Grimme halblaut vor sich hin) Anhänger jener türkischen Lehre, welche Verdienst wie Strafe lächerlich macht! Wenn man ein Bösewicht wird, so ist ja das nicht unsere Schuld, sondern Gottes, der uns zum Bösewicht erschaffen, und wir Könige und Richter — wir sind ein Possenspiel auf Erden! (Man sieht, wie der Zorn hoch in ihm aufsteigt und in dieser Wallung thut er einen Schritt gegen Friedrich. Er bezwingt sich aber gewaltsam und bleibt stehen.) Fassung! Fassung! Hilf mir mein Gott! (Er macht eine jähe Bewegung für Eversmann, Wilhelmine, Grumbkow, auf welche diese sämmtlich nach dem Hintergrunde zurücktreten. Nachdem er noch einmal auf Friedrich geblickt, geht er einige Schritt nach dem offenen Fenster zu, und dann zum Tische. Dort ergreift er wie gedankenlos die Flöte, und gleichsam bei ihrem Anblicke zur Besinnung kommend, wirft er sie rückwärts auf die Pritsche. Dann ergreift er ein Buch und öffnet es.) Französisch! (wirft es auf den Tisch und nimmt ein zweites) Französisch! (wirft es ebenfalls hin.) — Nein, ich will nicht im Zorn verfahren, ich will nicht! (sich herumwendend) Mein Sohn! Das nimmt zwischen uns ein schlimmes Ende, wenn Du Dich nicht gründlich änderst. Willst Du?

Friedrich.

Es ist ja nicht meine Absicht, anders zu sein denn Sie, Vater, es ist mein Schicksal.

6*

König
(ganz leise und in tiefster Entrüstung).

Wieder Schicksal! — Willst Du diese nichtswürdige Spielerei mit albernen Künsten endlich lassen? (stärker) Willst Du endlich aufhören, Franzos zu sein?

Friedrich.

Ich bin kein Franzose, weil ich die schöne Kunst und Wissenschaft dieser Nation reizend finde. Wären Racine und Voltaire Deutsche, ich würde sie doppelt lieben. Ich liebe ihren Geist in schöner Form. Der wird kein Fürst sein, der die Kunst verachtet! ist ein altes wahres Wort.

König (ungeduldig ausbrechend).

Kein Geschwätz mehr mit Deiner Verschrobenheit! Kurz! Willst Du Dich mir fügen?

Friedrich.

Wenn ich nur kann, mein Vater!

König (in lebhaftem Schmerze stark).

Das weißt Du nicht?! — Weil Du kein Herz hast! — Gut. Ich will's verschmerzen. Ich will sagen: Du bist verführt. Ich glaub's sogar. Damit also sei angefangen, weil ich mir's denn einmal als Gebot auferlegt habe, Dich zu schonen. Der schlimmste Deiner Verführer ist der Katte, ihn also überantworte in meine Hände!

Friedrich (für sich).

Meinen Kameraden!

König.

Er ist ein gottloser Bube, der kein Christenthum will,

und von ihm stammen Deine heidnischen Zweifel alle. Ge=
stehe, daß üble Grundsätze aus seinem Munde gehn und daß
er Dich verleitet hat. Willst Du das?

Friedrich.

O Gott!

König (steigernd).

Sage Ja! Das soll mir ein Zeichen sein, daß Du Dich
bessern willst, das soll mir genügen für den Augenblick.
Sage: Ja, der Katte hat mich verführt: Willst Du?

Friedrich (für sich).

Dann ist Katte verloren! (laut) Vater, wie kann ich
einen Menschen, der fehlerhaft sein mag, aber zu mir hält,
wie kann ich einen Freund Ihrem Zorne überantworten?!

König (steigernd).

Sage Ja! Willst Du?

Friedrich.

Es wäre ja niederträchtig, wenn ich einen Freund
überlieferte!

König
(in gesteigertem Zorne die Hände gegen ihn aufhebend — dabei gerathen Alle
im Hintergrunde in Bewegung).

Schwarz wird's vor meinen Augen! Knabe, willst
Du Ja sagen!?

Friedrich (entschlossen).

Nein.

König
(Friedrich mit beiden Händen an die Brust fassend).

So sollst Du in den Erdboden hinab! (Er
faßt ihn nur bei den offenen Brustklappen des französischen Kleides,

und läßt ihn sogleich wieder los, schon das letzte Wort „hinab" schwach sprechend und wie vor sich selbst erschrocken einige Schritte vor Friedrich zurücktretend.)

(Wilhelmine, Grumbkow, Buddenbrock, Wartensleben zeigen sämmtlich schon bei den Worten „Knabe, willst Du Ja sagen!" durch Gesten ihre Theilnahme, und als der König wirklich angreift, kommen sie alle mehrere Schritte vor, gleichzeitig rufend)

Wilhelmine.

Vater! Vater!

Buddenbrock (am stärksten rufend).

Königlicher Herr!

Wartensleben.

Majestät!

Grumbkow.

Majestät!

Doris.

Zu Hilfe dem Prinzen! (Sie kommt mit diesen Worten aus der Thür links, hinter welcher sie die heftigen Worte des Königs vernommen. Schon bei „Knabe, willst Du" hat sie die Thür halb geöffnet, und sie trifft nun vor der Thür mit der von hinten kommenden Wilhelmine zusammen, welche, erschreckt über das Hereintreten, Doris bei der Hand ergreift.)

Wilhelmine.

Unglückliche, warum? (Dabei eilt sie mit ihr links ganz in den Vordergrund.)

Doris
(in größter Aufregung, zeigt nur auf Friedrich und den König, welche beide von alle dem nichts hören und sehen).

Friedrich
(nur einen Augenblick nach dem Angriffe pausirend und sogleich mit tiefster Entrüstung in die Worte ausbrechend).

Solch eine Schmach hat nie ein brandenburgisch Herz erlitten!

König.

Haft Du denn Herz?!

Friedrich (nach seinem Degen greifend).

Und einen Degen an der Seite!

Grumbkow (zwischen ihn und den König tretend).

Hoheit!

Wilhelmine.

Friß!

Doris.

Um Gottes willen!

Buddenbrock.

Prinz!

(Kurze Pause.)

König (halblaut).

Muth hat er am Ende doch!

Grumbkow (halblaut zum König).

Das gebe Gott!

König
(mit halbem fragenden Blicke Grumbkow ansehend).

Grumbkow
(halblaut gegen den König fortfahrend).

Zorn hat er, das ist weniger.   (zu Friedrich) Königliche Hoheit —

Friedrich.

Schweig, kriechender Diener, der das Reich an den Nachbar verräth, der Vater und Sohn zu Unwürdigem gegeneinander hetzt, der Verstand genug hätte, die Größe des Zwiespalts zu verstehn, und doch frech genug ist, den Streit ins Gemeine hinab zu stoßen!

König (mit voller drohender Kraft).

Knabe!

Friedrich.

Ich bin kein Knabe, König, und will dies beweisen, sei es durch meinen Untergang. An dieser Stelle hier hab' ich vor einer Stunde mit mir gerungen, wie ich meinem Fürsten und Vater genügen könne. Ich hielt es für möglich. Es ist unmöglich, wenn ich nicht aufhören will, eine Person zu sein. Sie wollen Alles befehlen, Alles! Schritt und Miene, Leib und Seele soll sein und werden, wie Sie es wollen, ja der innerste Gedanke des Menschen, der Verkehr mit Gott, soll sein und werden, wie er Ihnen gut dünkt. Da schreit die geängstigte Seele endlich in Verzweiflung: Nein! sie schreit endlich: Leben oder Tod!

König
(Friedrich gespannt betrachtend, tritt einen Schritt nach dem Tische zurück, halblaut sprechend)

So? (Im Verlauf der weiteren Rede Friedrich's kreuzt er die Arme, indem er mit dem Haupte Grumbkow winkt, zurückzutreten.)

Friedrich
(nichts beachtend und in voller Entrüstung fortfahrend).

Um keinen Preis und keine Stunde länger ertrag' ich diesen unwürdigen Zustand. Ich will ein Mensch sein und nicht ein Sclave, will ein Mann sein und nicht ein Knabe. Ich fordere es als mein Recht! Wenn ich die Puppe werden sollte, die Sie jetzt in mir vermissen, warum dann in meinen Geist Fragen und Kenntnisse pfropfen, welche Früchte oder Dornen zur Folge haben mußten?! Mit französischer Bildung ist meine Jugend genährt worden, und da diese

Bildung nun zum Vorscheine kommt, wird sie mit Schelt=
worten und Schlägen begrüßt wie ein Verbrechen! Plär=
rende Worte sind mir eingepreßt worden als Religion,
plärrende Worte ohne Gedankenerklärung, aber voll Ver=
dammung Andersdenkender, und da nun mein Geist erwacht
und die Gedankenverbindung und die Erklärung sucht:
wie und warum man Andersdenkende so lieblos verdammen
könne, nun wird dieser Geist der Frechheit und der Gott=
losigkeit bezüchtigt. Das empört die friedlichste Seele!

König (halblaut).

Ich seh die Empörung!

Friedrich
(matt anfangend und erst allmälig steigernd).

Wenn ich wirklich, wie Sie mir vorwerfen, verschroben
bin, nun denn, so h a t man mich verschroben und ich bin
nicht verantwortlich für mein Unglück. Nüchtern und ärm=
lich war ich gehalten worden als Königssohn bis zu meinem
Jünglingsalter, und dann nimmt mich plötzlich mein eigener
Vater mit hinüber nach Sachsen und bringt mir wie eine
Blendung vor Augen: den Reiz eines lachenden Landes, den
Zauber gebildeter Menschen und herrlicher Künste, den
Glanz und Schimmer eines prächtigen Fürstenhauses, und
ruft mir dabei unaufhörlich in die Ohren: „Sieh, das
Alles ist garstig, ist gottlos, ist schlecht!“ Und doch riefen
tausend Stimmen in mir: „Nein, das ist es nicht!“ und
doch riefen nicht nur meine Sinne, es rief mein Geist:
„Das ist schön! Genieße! Freue Dich!“ Der Thron ist
auch dafür errichtet, um die Herrlichkeit der Welt bildlich

darzustellen, um auch das zu pflegen und auszubilden in
Kunst und Leben, was die gemeine Sorge des Werkeltags
sonst nicht gedeihen läßt. Und mit diesen Eindrücken kam
ich wieder heim, und mit diesem Aufruhr in Haupt und
Sinnen ward ich wieder eingespannt und eingesperrt in den
Frohndienst der Entsagung, der Reizlosigkeit und des Po=
stillenzwanges. Konnte ich da ein wohlgefälliger Sohn
werden, ich in Widersprüchen umhergepeitschtes Menschen=
kind?! Der wieder Knabe werden sollte, obwohl ich alle
Reize der Welt gesehen, Knabe mit dem Katechismus vor mir
und dem Stocke hinter mir?! Konnte ich? Allwissender
Gott, ich hatte nur eine schreckliche Wahl! Entweder wurde
ich ein Bösewicht, der lügt und heuchelt und sich fristet durch
Diebstahl heimlicher Genüsse, oder ich wurde ein Rebell,
der offen sagt: ich will nicht länger leben gegen den
Drang meines Geistes und Herzens, und dieser Rebell —
bin ich geworden. Ihre Hand hat's vollendet. Bei meinen
Ahnherren schwör' ich hier vor meinem Könige: ich dulde
ferner keine unwürdige Behandlung, ich dulde nimmermehr
persönliche Mißhandlung, ich wehre mich dagegen, und sollt'
es Menschenleben kosten.

(Pause.)

König

(der mit untergeschlagenen Armen zugehört und dessen Zorn sich in Traurigkeit
verwandelt hat, halblaut gegen Grumbkow hin).

Muth hat er, aber (zu Friedrich) Du bist ein böser Mensch
geworden. Gott möge Dir's vergeben, daß Du zu sagen
wagst: ich hätte Dich schlecht erzogen. Ich vergeb' Dir's

nicht. Tag und Nacht bin ich um Dein leibliches und Dein
Seelenheil bekümmert gewesen. Es ist nicht gerathen, das
seh ich. Kann ich nicht mehr bessern, so muß ich strafen.
Das ist meine Pflicht. Du seist kein Knabe mehr, sagst
Du! Das macht auf mich keine Wirkung. Du bleibst ein
Knabe, der seinem Vater in allen Stücken gehorchen muß,
in allen Stücken. Diese neumodische Rebellion gegen das
Haupt der Familie ist gegen mich übel angebracht. In
meiner Familie giebt's nur einen Herrn, und wer einen
Willen haben will außer seinem Herrn, der geht verloren.
Ja, wär ich ein lallender Greis, ich bliebe Dein Oberhaupt,
dem Du folgen mußt ganz und gar. Und dabei ist vom
Könige noch nirgends die Rede. Dein frevelhaftes Geschwätz
zu widerlegen, ist nicht nöthig; Du hättest Unrecht damit,
auch wenn ein vernünftiger Sinn darin wäre. Dieser fehlt
obenein. Dein gepriesenes Sachsen kann Dir durch jeden
Bürger und Bauer Antwort geben. Hundert Millionen
Thaler hat das seidne Leben in den Schlössern an der Elbe,
in Moritzburg, in Hubertsburg bereits gekostet! In meiner
Schatzkammer dagegen — (halblaut) kein Staat in Europa
hat eine solche aufzuweisen! (lebhafter) und das soll ver-
schleudert werden durch solchen Burschen, der trotz meiner
strengen Aufsicht jetzt schon Schulden macht, der die Lüder-
lichkeit systematisch beschönigen will, der Sitten und Sprache
seines Vaterlandes verachtet, ja den Glauben seiner Väter
verspottet, der sich von innen und außen unwerth zeigt
seines einstigen Erbes! Nein; es ist meine heilige Pflicht
gegen Familie, Reich und Gott, dazwischen zu treten mit

einem entscheidenden: Halt! Bis hierher und nicht weiter! (tritt zum Tische, abgewendet von Friedrich.)

Buddenbrock.

Majestät!

Wartensleben.

Majestät!

Wilhelmine.

O, mein Vater!

König (ohne seine Stellung zu ändern).

Schweigt! — Und zu alle dem noch politisch treulos; ein Kronprinz! verhandelt sich und mich an einen fremden Staat! —

Wilhelmine (leise zu Friedrich).

Widersprich doch!

Friedrich
(macht eine geringschätzig verneinende Bewegung mit dem Arme).

König
(der davon nichts bemerkt und ungestört in seiner Betrachtung fortfährt).

Was ist da Gutes übrig?! Doch, doch, es gab noch etwas, das mich trösten konnte. (sich nach dem Publicum herumwendend) Wenn er Soldat wäre! ein richtiger Soldat! — (auf Friedrich blickend) Und auch das ist er nicht! (halblaut) Sie zischeln sich in die Ohren, er würde nicht einmal Courage haben, wenn es zum Treffen käme. (ausbrechend) Vater im Himmel, und das mein Sohn! Und in dessen Hände mein Heer, der Stern meines Auges! Bis hierher und nicht weiter. (Er geht nach hinten in die Mitte des Zimmers. Alles weicht zurück mit Ausnahme Friedrich's.)

Friedrich
(unmittelbar nach des Königs Worten, halblaut).

So sag ich auch!

König
(wendet sich inmitten des Theaters um und behält nun diesen Platz).

Und so sei es! — Grumbkow, alle Ausgänge dieser Zimmer — des Prinzen und der Prinzessin — mit Wacht=posten besetzen. Der Kronprinz ist Gefangener. — Die Prinzessin und jene herzugelaufene Frauensperson sind eben=falls zu bewachen.

Grumbkow
(winkt nach hinten Lerche, welcher sich nach links über den Säulenbalcon entfernt).

(Pause.)

König (mit tieferer Stimme).

Grumbkow! Der Katte war mir ja versprochen — holt ihn!

Wilhelmine (leise).

O Fritz!

Friedrich
(macht mit der Hand eine abweisend verneinende Bewegung).

Grumbkow
(statt abzugehen, ist militärisch zum Könige getreten und hat ihm leise etwas mitgetheilt).

König.

Seht nach! (Grumbkow winkt dem Pagen, ihm zu folgen, und geht rechts ab. Der Page folgt ihm.) Buddenbrock, dort! (auf links hindeutend, wohin Buddenbrock abgeht) Dies (auf Doris deutend) ist die Dirne aus Potsdam?

Wilhelmine.

O Gott!

Doris.

Ich bin aus Potsdam, Majestät.

König.

Weiß Ihr Vater von Ihrem Verkehre mit dem Kronprinzen?

Friedrich.

Ihr Vater ist mein Freund und Lehrer.

Wilhelmine.

Sie ist zu mir gekommen, Majestät!

König (zu Doris).

Antworte Sie!

Doris
(das Papier des ersten Actes aus dem Busen ziehend).

Ja, Majestät. Mein Vater hat mich herübergeschickt, um dies Papier dem Kronprinzen einzuhändigen.

Friedrich (halblaut).

Laß das, Doris!

(Grumbkow tritt wieder ein von rechts. Hinter ihm desgleichen der Page, welcher an der Thür stehen bleibt.)

König.

Nun?

Grumbkow.

Er ist nicht mehr hier, Majestät.

Buddenbrock (von links kommend).

Niemand, Majestät, bis ins Vorzimmer der Prinzessin, wo der Wachtposten eben aufgestellt worden.

König (zu Grumbkow).

Und der Chevalier?

Grumbkow.

Muß bei Ihrer Majestät der Frau Königin sein.

König (auf das Zimmer rechts deutend).

Nach dem unausgebauten Flügel des Schlosses ist nicht etwa ein Ausgang durchgebrochen?

Grumbkow (nach kurzer Pause).

Nein.

König.

Ich will selbst sehen. (Geht auf die Thür rechts zu, und bleibt dabei vor dem Pagen stehen.) Nimm Dir, Page, ein Beispiel an Deinem Bruder, der sich vor Dir verleiten ließ zum Ungehorsam gegen mich im Dienste des Prinzen. Die Strafe reitet ihm nach in dieser Nacht gen Wesel und wird ihn finden. (Er tritt rechts ein, Grumbkow folgt ihm, der Page zeigt sich sehr bestürzt. Wilhelmine hat von der ersten Erwähnung eines möglichen Ausgangs im Zimmer rechts eine lebhafte Besorgniß verrathen; auf Friedrich machen die Worte an Kait einen sichtbaren Eindruck. Buddenbrock macht bei des Königs Abgang diskrete Zeichen seiner Mißbilligung gegen Wartensleben und tritt mit diesem hinaus durch die offene Thür in den Corridor, wo hinten an der Treppe Eversmann sich aufgestellt hat.)

Wilhelmine
(die gespannt das Abgehen des Königs beobachtet, eilt, als der König rechts eintritt, ihm nachschend bis zum Tisch hinüber. Sich nach Friedrich zurückwendend, fragt sie leise).

Kann er's entdecken?

Friedrich
(der jetzt ebenfalls aufmerksam nach dieser Seite geblickt).

Schwerlich.

Wilhelmine (etwas lauter).

Rette Dich! Rette Katte!

Friedrich (ebenfalls halblaut).

Noch in dieser Nacht. Hier kann von nichts weiter die
Rede sein; denn hier ist auch kein ehrenwerther Kampf mehr
möglich. Junger Kait, horche auf! (Friedrich verändert bei alle
dem seine Stellung nicht.) Sobald der König fort, eilst Du dort
(rechts) hinaus in die Stadt, und jagst Katte aus seiner
Wohnung, wo er keine Minute mehr sicher wäre. Er soll
eine Staffette nach Wesel sprengen an Deinen Bruder, der
ebenfalls sonst verloren ist, er soll die Pferde für uns selber
bereit halten, in einer Stunde müßten wir im Walde und
auf der Flucht nach der Grenze sein!

Kait (in sichtbarem inneren Zwiespalt).

Thun Sie das um des Himmels willen nicht, Prinz!

Wilhelmine.

Jetzt keine Furcht, Page!

Friedrich.

Gehorche!

Wilhelmine.

Mein armer, armer Bruder!

Doris.

O armer, gepeinigter Herr!

Friedrich (unverändert starr stehend).

Ich habe keinen Vater mehr! (ohne sie anzusehen links und
rechts eine Hand von Doris und Wilhelminen ergreifend) Das ist ein
grausames Unglück!

Doris.

Nein, Prinz, den Vater raubt uns nur der Tod.

Friedrich
(sehr weich, indem er Wilhelminen anblickt).

Nichts laß ich in der Heimat — als das Herz meiner Schwester.

Doris
(einen Schritt nach links fort tretend, ganz leise).

Und meine Treue.

König
(kommt zurück mit Grumbkow, der auf des Königs Wink sich ebenfalls in den Corridor hinaus zurückzieht. Auf dessen Wink folgt auch der Page hinaus. Am Tische stehen bleibend, macht der König Wilhelminen ein Zeichen, zwischen ihm und Friedrich Raum zu geben. Sie eilt hinter Friedrich zu Doris hinüber und mit dieser links in den Vordergrund. Friedrich selbst, immer noch auf seinem vorigen Platze, wendet sich nur unscheinbar ein klein wenig im Profil gegen ihn. So, ein bis zwei Schritte seitwärts hinter Friedrich, spricht der König mit tiefer Stimme).

Nichts mehr vom vorigen Streite zwischen uns. Da ist kein Ende abzusehen und keine Ausgleichung. Du frevelst gegen Alles, was mir Grundsatz und Glaube. Ein — Kalvinist ist als Familienglied für mich verloren, als künftiger Regent für mich ein Gräuel. Soll ich allein aufräumen zwischen uns, dann (dumpf) — könnte eine blutige Gewaltsamkeit mein Gewissen beflecken. Wenn Du also noch einen Funken Liebe für Deinen — für Deine Familie hegst, so sei mir behilflich, daß der Ausweg gefunden werde —

Friedrich (sich etwas weiter umkehrend).

Vater!

König (ablehnende Handbewegung).

Zweierlei hab' ich Dir zu sagen, damit wir an ein friedliches Ende kommen. Zuerst eine Warnung; zu Zweit

einen Vorschlag. Vernimm die Warnung: Du bist mein
Unterthan, gleichgültig ob der erste oder letzte. Als solcher
unterliegst Du, wenn ich's befehle, den Strafgesetzen des
Landes. Du bist ferner in meinem Heere angestellt. Du
bist Oberstleutnant. Gut oder schlecht, Du bist's, und
unterliegst als solcher vorkommenden Falles den Kriegs=
artikeln. Beides halte Dir vor die Augen, wie einen Spiegel,
und bringe nun vor diesen Spiegel, was Du Alles gethan
seit Wochen, seit Monaten, seit einem Jahre, Alles was Du
gesponnen, was Du gewebt mit dem Auslande, was Du —
thatsächlich vorbereitet mit England. Betracht' es genau
auf jenem Spiegel der Unterthanen=, der Soldaten=Pflicht.
Es könnte Alles bekannt sein, es kommt Alles ans Licht der
Sonne; es könnten morgen die unerbittlichen Gerichte ein=
schreiten gegen den jungen Mann, der die Bande der Familie
zerrissen, der von der Familie also weder Rath noch Schutz
zu gewärtigen hat. Verstehst Du mich?

Friedrich.

Ja, Vater.

König.

Majestät, nicht Vater. Ich schenke Dir, und dies ist
mein letztes Geschenk, vierundzwanzig Stunden Zeit. Benütze
sie, um — — den Entschluß zu fassen, den ich wünsche —
sprich nicht! Frage nicht! Du wirst leicht entdecken, was ich
wünsche, wenn Du eingedenk bist unserer täglichen Kämpfe.
Womit schlossen sie stets? Mit meinem Ausruf der Ver=
zweiflung, daß Du Erbe meiner Krone, daß Du König von
Preußen werden solltest.

Friedrich.

Majestät! Vater!!

König.

Vierundzwanzig Stunden! Ich leide mehr dabei, denn Du. Es kehrt sich mir das Herz im Leibe um. Aber es muß geschehen; die Pflicht des christlichen Königs heischt es. (Er wendet sich zum Gehen.) Der Gott, den Du zu läugnen wagst, mög' Dich erleuchten, daß Du frei und groß das Opfer bringest, dessen wir bedürfen. Versagt er Dir die Kraft, dann sind wir elend, alle.

(Langsam und gesenkten Hauptes geht er nach der Mittelthür ab. Wilhelmine und Doris sehen ihm mit Schreck und gefalteten Händen nach.)

Friedrich

(folgt ihm, blos den Kopf wendend, mit dem Blick, bis die Thür zufällt, dann wendet er das Haupt langsam nach vorn, und mit einfacher, aber fester Geberde sagt er).

Ganz will ich leben, oder gar nicht.

(Der Vorhang fällt rasch.)

———————

Dritter Act.

Steinerner Saal.

Ohne irgend ein Geräth. Rechts ein hohes, offenes Fenster ohne Rahmen, darunter ein Baustein (Steinwürfel). Links weder Thür noch Fenster sichtbar. Der Hintergrund um fünf Stufen erhöht in der ganzen Breite der Bühne. In der Mitte des Hintergrundes eine offene Bogenthür ohne Thürflügel. Rechts und links von derselben Bogenfenster bis auf die oberste Stufe herab, offen und ganz ohne Fensterflügel. Hinter dieser offenen Schlußmauer des Saales ein den fünf Stufen entsprechend er=höhter Raum von fünf Schritt Breite, an welchen sich unvollendete Mauerbögen, Pfeiler u. s. w. anschließen (der unterbrochene Schloßbau), jenseits deren man die Spree und die Häuserreihen am rechten Ufer derselben sieht.

(Es ist Nacht.)

Erste Scene.

(Die ganze Scene ist nur mit halber Stimme zu sprechen.)
Die Corporale **Finkemann** und **Lerche**.

Finkemann
(links an den Bogen der Thür auf seinen Spieß gelehnt).

Lerche! —

Lerche

(links im Hintergrunde des Saales, die Wand mit der Spitze seines Spießes untersuchend).

Finkemann.

Corporal Lerche!

Lerche.

Laß mich in Ruh!

Finkemann.

Kreuz Donnerwetter, komm an Deinen Posten! Die Runde oder der General kann jeden Augenblick passiren, und die Ordre lautet: wir sollen uns im Saale nicht sehen lassen.

Lerche (unten bleibend).

Finkemann, Du bist ein witziger Schwernöther. Zum Sehen gehört bei uns zu Lande Licht und hier ist's stock=duster. Zum Sehen gehören Dinge, die sich sehen lassen; wo soll hier ein Mensch herkommen? Der steinerne Saal vor uns hat ja nirgends eine Thür. Was kommen soll, muß von hinten kommen, und dafür stehst Du ja Posten, Finke=mann, um in der stillen Nacht jeden Fußtritt zu hören, Du hast ja große Ohren. Laß doch einem gebildeten potsdamer Corporal seine Projecte, wenn er welche hat.

Finkemann.

Bist ein Schwatzmichel und kein Soldat!

Lerche.

Finkemann! (mitleidig) Männecken! Du bist ausgelassen. Ein Potsdamer, ein Markbrandenburgscher, ein geborner königlicher Preuße, wie ich, und kein Soldat! Du dauerst mir. Aufgewachsen in der Colonie des großen Kurfürsten, mitten unter des Riesenregiment der Grenadiere, vor denen sich ganz Europa und Asien und der Prinz Eugen in Ungarn fürchtet, und kein Soldat! Ungebildetheit! Das kommt daher, daß wir werben lassen in aller Herren Ländern, wo's noch keine Bildung giebt, und daß wir zu Preußen machen, was nicht verdient brandenburgsch=preußisch zu sein.

Finkemann.

Bin so lange und so gut Preuße, wie Du!

Lerche.

Du? Woher?

Finkemann.

Aus der Grafschaft Mark in Westphalen, ein besserer Märker, als Du!

Lerche.

Allen Respect!

Finkemann.

Und ein gelernter Grobschmied obenein!

Lerche.

Pfui Teufel!

Finkemann.

Bist wohl ein Schneider?!

Lerche.

Mit Stolz sag' ich Ja!

Finkemann.

Sprich leise, damit ich hinten hören kann!

Lerche
(näher zu ihm tretend und leiser und mit Bedeutung sprechend).

Finkemann! — Da Du also ein Landsmann bist, so wirst Du begreifen, was mich rappelköppisch macht. — Weißt Du, was vorgeht?

Finkemann.

Nein. Was geht's mich an!

Lerche (heftig).

Jeden juten Preußen geht's an. Siehst Du nicht drüben in der Burgstraße (nach hinten hinausdeutend) und auf der neuen Brücke (durch's Seitenfenster deutend) Leute hin und her gehen bei nachtschlafender Zeit? Die Berliner haben 'ne feine Nase, sie wittern, was die Wachtposten ausgedünstet haben. Unser Kronprinz soll unjlücklich gemacht werden.

Finkemann.

Ah!

Lerche.

Dort am Ende des Ganges (nach links hinten deutend) sitzen sie Kriegsjericht seit einer Stunde, der alte Feldmarschall Natzmer, dito Wartensleben, der General Buddenbrock, der General=Minister Grumbkow —

Finkemann.

· Ueber wen?

Lerche (auffahrend).

Kann ich Alles wissen, Grobschmied!? Als ich vorhin abjelöst wurde oben vor der Thür der Prinzessin und, statt nunter in die Wache zu meiner Pritsche, hierher marschiren mußte, da kam ich dort vorbei, und gerade jing die Thür

auf und der kleine Page des Kronprinzen kam heraus, und
ich hörte den alten Wartensleben mit erbärmlicher Stimme
rufen: Es ist meiner Tochter Sohn! Das ist der Katte,
das weiß ich, der Liebling des Kronprinzen! Und der kleine
Page, der ein schlecht Gewissen haben mag, sah jämmerlich
aus.

Finkemann.

Versteh' von alle dem nichts!

Lerche.

Weil Du vom Dorfe bist, aus der Provinz, ohne poli=
tisches Justiz!

Finkemann.

Brauch ich nicht.   Thu' meine Schuldigkeit.

Lerche.

Gegen wen?!

Finkemann.

Einerlei!

Lerche.

Gegen unsern Kronprinzen, auf den wir alle hoffen.
Ich kenne ihn, ich, und wir Potsdamer und Berliner wissen,
was er für ein feiner, aparter Herr ist, ein wirkliches
Sonntagskind, und nicht blos so ein „Eins zwei, eins zwei,
Schock=! Schwere=! Noth!" nein, nobel und zierlich will
er Alles, und mit Gusto und mit Verstand.

Finkemann.

Sachte, Lerche.

Lerche.

Und auf Schulunterricht hält er, und schöne Bildung,

und mit Potsdam hat er Prächtiges vor, das weiß ich von
unserm Herrn Rector.   Der Herr Rector ist unser Edelstein
in Potsdam, und mit dem jetzt der Kronprinz um, wie mit
seines Gleichen, blos wegen der Bildung, und wie ich vorhin
Wache stehen mußte, daß unser Engel, die Doris, nicht
'raus durfte, da ist mir fatal zu Muthe gewesen, und wenn's
auf mich ankommt, ich laß Alles durch, was der jungen
Herrschaft zu statten kommt.

Finkemann.

Und wirst erschossen.

Lerche.

Meinetwegen.

Finkemann.

Still, es geht eine Thür!

Lerche
(eilt hinauf und tritt rechts hinter den Thürpfeiler, Finkemann links, so
daß man nur wenig von ihnen sieht).

(Pause.)

Lerche (noch leiser).

Nein, es geht zum Könige! (einen Schritt herabtretend, sehr
vorsichtig) Paß auf! Ich muß dahinter kommen. (nach links
mit seinem Spieße hinauf deutend) Dort oben muß die Wohnung
des Kronprinzen anstoßen an diesen wüsten Schloßflügel,
der unter dem jetzigen Könige in Ewigkeit nicht ausgebaut
wird, gerade wie sie bei uns in Potsdam keinen Ziegel mehr
zu was Hübschem vermauern.   Nun hab' ich spintisirt:
der Kronprinz wolle durchbrechen und auf und davon,
und deshalb Kriegsgericht und Wachtposten, aber dazu ist

doch eine Thür nöthig. (Er steigt während der letzteren Worte herab und tastet wieder mit dem Spieße an die Wand.)

Finkemann.

Lerche, Kreuz Element!

Lerche.

Kommt die Runde?

Finkemann.

Nein, aber Du sollst nicht vom Posten.

Lerche.

Männecken, jleich! — Holla, hier klingt's hohl! Finkemann, hier kann eine Thür sein —

Finkemann.

Die Runde kommt!

Lerche (zurückeilend).

Stehst Du mir bei, wenn wir dem Kronprinzen helfen
können?

Finkemann.

Mein Herr ist der König!

(Pause.)

Zweite Scene.

(Man hört marschiren.)

Grumbkow. — Soldaten. — Die Vorigen. — Dann der Page.

Grumbkow

(kommt bis zwischen Finkemann und Lerche, sieht sich links und rechts
um, steigt die Treppe herab in den Saal und winkt nach links hinten, von

wo er gekommen. Etwa sechs Soldaten marschiren oben vorüber bis zum
offenen Fenster rechts im Hintergrunde und stellen sich vor diesem offenen
Fenster auf; sechs andere folgen ihnen und stellen sich vor dem linken Fenster
auf. Mit einer Handbewegung nach rechts sagt er leise zu den ersteren)
„Weiter!" (dann zu den letzteren) „Zurück!" (so daß man
beide Trupps nicht mehr sehen kann. Mit einer neuen Handbewegung nach
links oben ruft er ein wenig lauter:) Page Katt! (und als dieser links
oben hervortritt, um die Treppen herabzukommen, geht Grumbkow langsam
nach dem Vordergrunde. Der Page, die linke Seite des Theaters nehmend,
folgt ihm in sichtbarer Angst und Verwirrung.)

Grumbkow
(ebenfalls Alles halblaut sprechend).

Jetzt ist der Augenblick da. Der Prinz und Katte
werden fertig sein mit ihren Vorbereitungen. Oeffne, und
gieb ihnen das Zeichen, daß Alles in ungestörter Ordnung
und Ruhe!

Page
(nach lebhaftem mimischen Kampfe ihm zu Füßen fallend und laut sprechend).

Ich kann nicht weiter, General —

Grumbkow.

Leise, Knabe! Was soll das Zagen?!

Page.

Ich sterbe vor Pein und Schauer. Mein Gewissen er-
stickt mich — ich kann meinen Herrn nicht so abscheulich
verrathen.

Grumbkow.

Du hast ihn längst verrathen und es war Deine
Schuldigkeit.

Page.

Mein Bruder und meine Kameraden werden mich nie wieder ansehn.

Grumbkow.

Dein Bruder wird froh sein, wenn er Dich einst wieder ansehen kann. Jetzt wird er vor's Kriegsgericht gestellt, weil er dem Prinzen sich hingegeben. Steh auf, unkluges Kind (der Page steht auf) und mach' ein Ende. Dank Deinem Gott, daß Du auf den richtigen Weg gerathen bist. — Deine Pflicht gehört dem Könige allein! Was Du nach seinem Befehl thust, kann nimmer Dein Gewissen beschweren, und dem Prinzen hast Du keine Verpflichtung, Du bist ja ganz neu in seinem Dienst!

Page.

Aber er vertraut mir.

Grumbkow.

Das ist s e i n Fehler.

Page.

Und ich liebe ihn.

Grumbkow.

Um so tapferer, wenn Du Deine Schuldigkeit thust. Tritt hinein und gieb das Zeichen! (Da der Page zögert, mit dem Fuße stampfend) Oeffne! Verdirb nicht kindisch im letzten (während dessen öffnet der Page links eine verborgene Thür) Augenblicke, was Du gut gemacht. Ihn kannst Du nicht mehr retten, Dich aber noch unglücklich machen. Marsch!

Page.

O Herr! (ganz schwach) So will ich unglücklich werden. (kaum hörbar) Ich kann das Zeichen nicht geben! (Sich das Gesicht mit beiden Händen bedeckend, geht er ab, von wo er gekommen.)

Grumbkow

(sieht ihm schweigend nach, und nachdem er einen Moment still gestanden und den Kopf geschüttelt, tritt er selbst in die geöffnete Thür, und klatscht, dem Zuschauer unsichtbar, zweimal in die Hände. Dann tritt er wieder heraus, horcht einen Augenblick, die Thür in der Hand haltend, legt dann die Thür an und geht bis an die Treppe. Dort wendet er sich, und indem er nach der Thür zu horcht, spricht er leise, ohne sich nach dem Angeredeten umzublicken).

Wie weit ist's in der Nacht, Corporal?

Finkemann (ohne sich zu rühren).

Eins hat's geschlagen vom Marienthurme.

Grumbkow
(mit halbem Blick nach dem offenen Fenster rechts blickend).

Habt Ihr schon länger die Menschen gesehn, welche da unten umhergehen?

Finkemann.

Seit einer halben Stunde.

Grumbkow.

Sind die Wachtposten aus dem Schlosse abgegangen diese Nacht?

Finkemann.

Zu Befehl, Herr General, nach Monbijou in der Spandauer Vorstadt und nach Belvedere in der Stralauer Vorstadt.

(Kurze Pause.)

Grumbkow (nach links hinüber hörend).

Man kommt! (leise zu den Soldaten hinaufsprechend und gehend) Still! (Er tritt hinauf hinter einen Pfeiler im Hintergrunde.)

(Pause.)

Dritte Scene.

Friedrich. — Katte. — Doris. — Die Vorigen.

Katte
(aus der Thür links reisemäßig in Civilkleidung, wie im zweiten Acte, und Mantel, ein Kästchen unter dem Arme, öffnet und tritt rasch ein).

Es ist keine Gefahr, der Mond ist unter!

Friedrich
(ebenfalls reisemäßig in Civil und mit Mantel nach rückwärts, wie hinaufsprechend).

Nicht weiter, Wilhelmine, tausendmal Ade! (legt die Thür an, tritt hervor) Vorwärts denn! (Sie wenden sich nach hinten.)

Doris (unsichtbar hinter der Thür).

Der Schlüssel zu dem Kästchen, Katte!

Friedrich.

Was ist?

Katte.

Der Schlüssel zur Chatoulle ist vergessen. (Kehrt um.)

Friedrich.

Nicht mehr umkehren! Ohne Säumniß fort! Zieh Deinen Säbel!

Katte (thut es).

Und niedergehauen, was gegen Erwarten in den Weg treten sollte, es gilt eine Krone.

(Sie schreiten nach hinten; als sie eine Stufe erstiegen, tritt vor)

Grumbkow.

Fällt's Bayonnet! (Die Soldaten treten von beiden Seiten an die offenen Fenster und strecken das Gewehr entgegen, Finkemann und Lerche thun desgleichen vortretend mit den Spießen.)

Grumbkow (der zwischen sie getreten).

Halt!

Friedrich und **Katte** (zurückprallend).

Verrath!

Doris
(die in diesem Augenblicke vorn die Thür öffnet).

Um Gottes willen!

Friedrich (den Degen ziehend).

Hindurch! lieber todt als gefangen!

Katte
(der das Kästchen auf den Steinwürfel eiligst gesetzt und sich ihm anschließt).

Hindurch!

Grumbkow
(der ebenfalls den Degen zieht, sobald es Friedrich thut).

Halt, Prinz, im Namen des Königs — Sie sind des Todes, wenn Sie weiter schreiten!

Vierte Scene.

Der König. — Die Vorigen.

Der König (hinter der Scene).

Stoßt nieder, wer sich widersetzt!

Friedrich und **Katte** (betroffen).

Der König!

König

(hinter welchem ein Officier mitgekommen, tritt an Grumbkow's Platz und dieser steigt zwei Stufen herunter).

Deserteur!

Friedrich (betäubt).

Deserteur?

König.

Generalleutnant von Grumbkow, wer ist der Mann und in welcher Absicht ist er hier?

Grumbkow.

Es ist der Oberstleutnant Prinz Friedrich von Hohen= zollern und im Begriff flüchtig zu werden von seinem Stand= quartier und seiner Fahne.

König.

So nehmt dem Deserteur den Degen ab!

Grumbkow (greift nach dem Degen).

Friedrich

(betäubt, hat ihn noch immer halb erhoben und läßt ihn ohne irgend ein Zeichen aus der Hand fahren. Halblaut und wie starrend sagt er vor sich hin)

Deserteur! (Plötzlich schreit er auf) O Gott! (faßt Katte

beim Arm und reißt ihn raschen Schrittes in den Vordergrund) **Zur Schande verzerrt sich das Unglück! Katte, sei mein römischer Freund und renne mir Dein Schwert durch den Leib!** (Er breitet die Arme aus, als erwarte er den Stoß.)

Grumbkow

(den Officier neben sich meinend und rasch vorschreitend).

Mir nach, Leutnant!

(Der Officier neben dem Könige folgt Grumbkow zu Katte, und während sie auf Katte zueilen, ruft mit starker Stimme der)

König.

Entwaffnet den Ausreißer!

Friedrich.

Katte, stoß' mich nieder!

Katte (ohne Blick und Stimme).

Vor meinen Augen tanzen hundert Lichter! (Katte läßt sich ebenfalls ohne ein Zeichen des Widerstandes vom Officier das Schwert nehmen.)

König.

Und führt die Verbrecher ins Junkerzimmer! Dort liegt die Kleidung, in der sie binnen einer Viertelstunde vor Gericht erscheinen sollen: ein blauer Ueberrock ohne Stern für den Oberstleutnant, ein leinener Kittel für den Kameraden. Vorwärts!

(Er bleibt links an den Thürpfeiler und seinen hohen Stock gelehnt oben stehen und läßt Friedrich und Katte und den Officier an sich vorbeidefiliren. Langsam, ohne daß eine Hand bewegt würde, geschieht das. Nur Grumbkow hat von unten nach links und rechts hinaufgewinkt und auf diesen Wink haben sich die Soldaten von beiden Fenstern zurückgezogen und sich marschfertig aufgestellt. Wenn Friedrich und Katte oben sind und sich nach links wenden, commandirt der unmittelbar hinter Friedrich

Laube, dram. Werke. VII. 2. Aufl. 8

und Katte marschirende Officier „Marsch!" und sämmtliche Soldaten, mit Aus=
nahme der Corporale, die unbeweglich bleiben, verschwinden mit den Ge=
fangenen nach links.)

Fünfte Scene.

König. — Grumbkow. — Die Corporale.

König (mit schwacher Stimme).

Die Kriegsrichter sind nahe am Ende ihrer Sitzung.
Zeigt ihnen an, Grumbkow, daß das Vorausgesehene wirk=
lich eingetreten. (Grumbkow verbeugt sich.) Hier, wo die That
versucht worden, soll das Urtheil gesprochen werden un=
verweilt. Laßt Fackeln, Tisch und Stühle bringen!

Grumbkow
(immer noch unten; zu Finkemann)..

Bestell es beim Profoß!

König.

Im Junkerzimmer findest Du ihn. Die Papiere, welche
die Gefangenen bei sich führen, an mich direct! (Leichte Be=
wegung mit der Hand — Finkemann links ab.) Der Feldprediger
Müller soll bestellt werden —

Grumbkow.

Zu Befehl, Majestät.

König
(steigt unter Zeichen körperlicher Schwäche die Stufen hinab; auf der vor=
letzten Stufe bleibt er schwankend stehen und fällt halb, halb setzt er sich auf
die Treppe — der Stock rollt hinunter).

Mein Gott!

Grumbkow (hinzueilend).

Majeſtät!

König

(macht eine ablehnende Handbewegung).

(Pauſe.)

Grumbkow! In dieſer Nacht wird mein Sarg ge=
zimmert. —

(Kurze Pauſe.)

Grumbkow (beiſeit).

Weh' mir, wenn er unterliegt. (laut) Mein königlicher
Herr, nehmt's nicht ſo ſchwer.

König.

Es iſt mein Sohn. — Ich bin der unglücklichſte Vater
in meinem Königreiche! Keine Liebe zu finden bei ſeinem
Kinde iſt ein Unglück, keinen Gehorſam zu finden iſt eine
Marter, keine Religion zu finden und zu wecken iſt eine
ſchwere Pein, und ſtatt alle Dem (mit ſtarker Stimme) Ehr=
loſigkeit und Schmach zu finden (faſt in Schluchzen ausbrechend),
dies iſt entſetzlicher denn Alles, und bricht das ſtärkſte Vater=
herz in morſche Stücke.

Grumbkow.

Noch iſt's doch nicht entſchieden und vielleicht —

König.

Es iſt entſchieden. Die Nachricht des Knaben hat ſich
vollſtändig beſtätigt — mein Sohn iſt Deſerteur. Ganz
Europa erfährt es und verhöhnt mich laut oder heimlich,
mich, den Heerfürſten der ſtolzeſten Armee, deſſen Sohn

8*

keinen Muth, keine Disciplin, keine Ehre an den Tag gelegt
— der preußische Ruf ist ruinirt, wenn ich (auf seinen
Stock deutend) meinen Stock, (Grumbkow hebt ihn auf und
reicht ihn) wenn ich (mühsam, aber mit Zeichen moralisch aufwachsender
Kraft und unter Ablehnung jeder körperlichen Hilfe von Seiten Grumbkow's
richtet er sich auf) das faule Glied nicht abschlage von meinem
Leibe. Und — das will ich, wenn — die Anstrengung mir
nicht — die tobende Brust — das gährende Hirn — zersprengt,
bevor ich's vollendet. — — Laßt mir den Ebersmann
rufen — er soll mir eine Ader öffnen — (wendet sich hinauf
nach links) ich bin — im nächsten Zimmer —

Grumbkow
(starr auf ihn blickend, kaum hörbar).

Zu Befehl, Majestät.

König (ab).

Grumbkow (halblaut).

Weh mir! — — (etwas lauter) Hier ist Eile von
nöthen! (Rasch ab hinter dem Könige.)

Sechste Scene.

Lerche. — Doris.

Lerche
(ein wenig vortretend und ihm nachsehend, dann Doris aus der Thür links
im Saale, die sie während der vorhergehenden Scenen zuweilen ein wenig
geöffnet hat, so daß man sie unterrichtet weiß von Allem, was vorgegangen ist).

Doris
(die Thür öffnend und nur halb heraustretend).

Sie sind fort! — Himmlischer Vater! Prinz Friedrich ist verloren! — Sein Leben selbst ist verloren — wenn der Sinn des Königs nicht zu mildern ist — (reißt das Blatt, welches sie in den zwei ersten Acten gehabt, aus dem Busen hervor), könnt' ich dies Blatt an ihn bringen auf eine glaubwürdige Weise! Vielleicht mildert es! (tritt heraus) Soll ich's daher werfen, wo man sich zum Gericht versammeln wird? Bei der Flucht, bei der Gefangennahme könnt' es verloren sein!

Lerche
(der sie bemerkt hat und unter Zeichen lebhafter Theilnahme einige Stufen herabgekommen ist).

Mamsell Doris, sind Sie's?

Doris
(bei den ersten Worten zusammenschreckend).

O Gott — entdeckt!

Lerche.

Erschrecken Sie nicht, ich bin's, der Lerche Wilhelm von der Beelitzer Gasse.

Doris.

Ein Freund?!

Lerche.

Freilich, und (auf seine Brust schlagend) ein richtiger!

Doris.

O sei uns behilflich — (zu ihm eilend, der vorsichtig herab-gekommen) ja Du bist's, guter Wilhelm!

Lerche.

Nicht so weit mit dem weißen Kleide. Das schimmert.
Und schnell, was geschehen soll. Sie können gleich mit den
Fackeln ankommen. Was haben Sie vor?

Doris.

Dies Papier — Du kannst es gefunden haben, es
kann aus dem Kästchen gefallen sein, das Katte in Händen
hielt.

Lerche.

Leutnant Katte hat kein Kästchen gehabt! Er ist dicht
vor mir vorbei gekommen —

Doris.

O welch ein Glück, dann muß es noch hier sein.

Lerche (mit dem Spieße tastend).

Auf dieser Seite (rechts) stand er — da ist's, Victoria!

Doris.

O Wilhelm! Mir fliegen die Hände — gieb! gieb!
Ich hab' den Schlüssel, das Blatt hinein! Es versöhnt den
König.

Lerche
(während er es ihr reicht und sie mit zitternder Hand den Schlüssel hervor-
und aufzuschließen sucht).

Wäre es aber nicht noch besser, das ganze Kästchen zu
beseitigen — ich kann gut werfen und bring' es mit einem
Wurfe bis hinüber in den Fluß.

Doris

(unterdeß ist das Kästchen aufgeschlossen; sie halten es noch beide).

Du hast Recht —

(Ehe sie dies spricht, sieht man von links hinten Fackelschein.)

Lerche.

Die Fackeln kommen!   (Er läßt los und eilt nach hinten.)

Doris   (zusammenschreckend).

O Gott!   (Das Kästchen fällt und Briefe und Goldstücke fallen auf den Boden heraus.)

Lerche.

Hinweg! Hinweg!

Doris

(niederkauernd, und mit der einen Hand — in der andern hält sie fortwährend ihr Blatt — die Papiere zusammenraffend in das Kästchen, was ihr sichtlich nicht gelingt).

Es ist vorbei — meine Hände sind gelähmt — meine Sinne schwinden mir!

Siebente Scene.

Zwei Soldaten mit Fackeln. — **Grumbkow.** — **Lerche.** — **Doris.**
Soldaten, welche Tische und Stühle bringen.

(Die Soldaten befestigen die Fackeln am Thürbogen.)

Grumbkow

(welcher dicht hinter ihnen gekommen, ruft schon am offenen Fenster links).

Wer ist das Weib? (vorschreitend und herunterkommend) Corporal, was geht hier vor?

Lerche.

Weiß nicht, General, 's nichts an mir vorüberpassirt.

Grumbkow.

Die vermißten Briefschaften! Doris! Holla! Sie hat sie entwenden wollen!

Doris (nicht wie bewußtlos).

Grumbkow (ergreift sie am Arm).

In die Höhe und Antwort! Sie hat von den Briefen, welche die Flüchtlinge wahrscheinlich hier verloren, entwenden wollen? Antwort! (Er blickt dabei auch nach der offenen Thür, welche ihm Doris' Anwesenheit erklärt.)

Doris
(hat sich während dieser Rede gefaßt, blickt ihn starr an, steckt das Blatt in ihren Busen und sagt)

Ja!

Grumbkow.

Unglückliche Person! Das vernichtet Dich bei dem Könige! Und vor meinen Augen verbirgt sie den Raub! Heraus damit!

Doris (sieht ihn schweigend an).

Grumbkow.

Heraus mit dem Briefe, oder ich lasse ihn durch den Corporal Dir entreißen.

Doris.

Hier ist er.

Grumbkow.

Dieser Raubversuch verstrickt Sie unmittelbar in den

Proceß. Trete Sie dorthin in den Winkel (nach links hinten
deutend) und erwarte Sie Ihr Schicksal.

(Doris geht nach hinten und setzt sich auf die Stufen, den Schleier um sich
hüllend. Die Soldaten, welche die Fackeln gebracht, sind sogleich wieder ab=
gegangen. Jetzt bringen zwei andere einen länglich=runden Tisch, und hinter
ihnen drei andere je zwei Stühle.)

Grumbkow
(zu den Soldaten mit dem Tische).

Dorthin! (in die Ecke rechts hinten deutend) Corporal!
(zu Lerche) Hierher! (Lerche kommt herab.) War die Frauens=
person (auf Doris deutend) allein, oder war die Prinzessin
mit ihr?

Lerche.

Ich habe nur eine weiße Gestalt im Dunkeln gesehn,
und sie für — das Gespenst der weißen Frau gehalten. Sie
war auch erst seit einer Minute da.

Grumbkow (ihn scharf ansehend).

Hebe auf, sammle Alles in das Kästchen und stelle es auf
den Tisch!

Lerche (thut dies).

Grumbkow
(zu dem letzten der Soldaten, welche die vier Stühle hinter den Tisch gestellt
und wieder abgehen).

Noch einen Stuhl für den König! (Lerche das Blatt von
Doris reichend) Zu den übrigen! (Lerche legt sich's zur Seite und
legt es obenauf, als er mit der Füllung zu Ende ist.)

Achte Scene.

**Die Vorigen. — Buddenbrock. — Wartensleben. — Ein Oberst. —
Ein Hauptmann. — Der Auditeur. — Dann Eversmann. —
Dann der König. — Zuletzt Friedrich und Katte.**

(Bei den Worten: „Hebe auf" treten links von hinten auf Buddenbrock, —
Wartensleben, — der Oberst, — der Auditeur, Letzterer mit
Papieren in der Hand, und steigen die Treppe herab. Der Oberst, der Haupt=
mann und der Auditeur stellen sich sogleich rechts hinter dem Tische auf, Budden=
brock und Wartensleben kommen links vor und sehen auf Grumbkow und Lerche.)

Grumbkow.

Wo bleibt Feldmarschall Natzmer?

Buddenbrock.

Ist krank geworden.

Grumbkow.

Die Sache ist angreifend.

Wartensleben.

Das weiß der liebe Gott.

Grumbkow.

Es thut mir leid, Feldmarschall Wartensleben, daß
Euer Enkelsohn in die Affaire verwickelt worden.

Buddenbrock.

Wehe dem, welcher so lange gestachelt hat, bis es eine
Affaire und eine so entsetzliche geworden.

Grumbkow.

Herr General von Buddenbrock!

Buddenbrock.

So heiß ich, und ich sage: wer sie provocirt hat, wird
sie am jüngsten Gericht verantworten.

(Während dem hat ein Soldat den verlangten Stuhl gebracht, links in den Vordergrund gesetzt und die Thür links geschlossen.)

Grumbkow.

Das wird er. — Auch der König ist unwohl. Wir sollen auf ihn warten. Er will nicht, daß die Sonne aufgehe, bevor der Spruch gefällt ist.

Eversmann (oben links am Fenster).

Des Königs Majestät ersucht die Herren, ihre Plätze einzunehmen, er habe sich erholt und werde sogleich hier sein. (Wartensleben und Buddenbrock wenden sich nach hinten zum Tische.)

Grumbkow (vorn bleibend).

Eversmann! (Dieser kommt herunter.)

Buddenbrock

(welcher die innere Ecke am Tische einnimmt, sagt zu dem vorübergehenden Eversmann).

Eversmann, spreche Er zur Gnade beim Könige. Die Angeklagten haben mehr Recht als ihnen eingeräumt wird.

Eversmann.

's hat Jeder Recht. Wir müssen abwarten, was unser Herr für Recht erklärt. (Dabei steht er mit einem Seitenblicke auf Doris und schreitet zu Grumbkow vor — in dem Augenblicke erscheint oben von links der König.)

Grumbkow

(dies sehend und dabei Eversmann zur Seite nach rechts winkend).

Ah, der König selbst! (Er lüftet den Hut. Hinten am Tische, wo man sich gesetzt, steht man auf und nimmt ebenfalls die Hüte ab. Auch Doris steht auf. Die Corporale salutiren.)

König

(oben in der Mitte zwischen ihnen stehen bleibend, lüftet ebenfalls den Hut).

Die Gefangenen herführen! (Finkemann salutirt und geht links ab.) Die Herren bilden Kriegsgericht. (Alle setzen ihre

Hüte auf. — Er steigt einige Stufen herunter, und auf die Tischrunde sehend,
bleibt er stehen.) **Wo ist mein alter Feldmarschall Natzmer?**

Buddenbrock.

Ist krank geworden, Majestät, als er die Eröffnungen
vernommen. Sie sind sehr schmerzlich. Seine Ab=
stimmung hat er an mich übergeben.

König

(ablehnende Bewegung; dabei sieht er Doris, und vollends herabsteigend sagt
er zu Grumbkow, indem er bis gegen die Mitte vorgeht).

Was soll das Frauenzimmer hier?

(Bei diesen Worten erscheinen links hinten oben Friedrich und Katte,
jener im blauen Rock, dieser im Leinwand=Kittel, und gehen bis unter den
Thürbogen, wo sie stehen bleiben. Hinter ihnen Finkemann, der seinen
Platz wieder einnimmt, und der Officier, der sich nur blicken läßt und sich wieder
zurückzieht.)

Grumbkow.

Sie ist unmittelbar hinter den Deserteuren hier er=
schienen, um die verlorenen Briefschaften derselben bei Seite
zu bringen.

König.

Sie hat übermäßigen Eifer, ihre Strafe zu verdienen.
Entgangen wäre sie der Züchtigung ohnedies nicht. Nun
wird sie rascher und soldatenmäßiger dazu kommen.

Friedrich

(welcher aufzuwachen scheint bei der Anklage von Doris, tritt rasch nach diesen
Worten vor bis an die oberste Stufe).

König (fragend).

Die Briefschaften?

Grumbkow

(das Kästchen vom Tische nehmend und zeigend).

Wahrscheinlich die Correspondenz mit England.

König.

An Eversmann! (zu Eversmann) Auf mein Zimmer!
(Eversmann ab.) Dem Gericht wird dadurch nichts entzogen.
Was demselben an früher aufgefangenen Papieren der Deser=
teure vorgelegt worden, das ist genügend, da die thatsächlich
versuchte Desertion das schwarze Siegel drauf gedrückt.
(zu den Kriegsrichtern) Habt Ihr also Beschluß gefaßt und seid
bereit, ihn zu verkünden?

Buddenbrock.

Zu Befehl, Majestät.

König

(macht eine gebieterische Bewegung, auf welche Friedrich und Katte
herabsteigen).

Front gegen's Gericht! (Das thun Friedrich und Katte.) Das
Gericht thut seinen Spruch!

(Bei diesen Worten lüftet er seinen Hut und sämmtliche Beisitzer des Kriegs=
gerichts — Grumbkow, als ebenfalls dazu gehörig, ist zum Tische getreten,
sobald die Gefangenen herabsteigen — ziehen ihre Degen.)

(Pause.)

Buddenbrock

(legt seinen Degen auf den Tisch und nimmt die Papiere, welche der Auditeur
hingelegt. Er liest).

„Betreffend den von Katte, Leutnant bei Sr. Majestät
Garde=Gensdarmen.“

„Gegenwärtigen, in dieser Nacht zusammenberufen, wird
auf Allerhöchstes Commando vorgelegt:“

„Erstens. Eine Hand voll Papiere, aus denen her=
vorgeht, daß Leutnant von Katte Anstalten ge=
troffen, sich und einen hohen Begleiter heimlich
und ohne Urlaub über die Grenze zu bringen.“

„Zweitens, ein gewichtiges mündliches Zeugniß, daß solche Entweichung und respective Entführung noch in heutiger Nacht sich ins Werk setzen werde."

„Gegenwärtigen wird befohlen, darüber Gericht zu halten."

„Dies ist pflichtschuldigermaßen gescheh'n, und als wirklich in selbiger Stunde die Entweichung und respective Entführung der Anzeige nach versucht worden ist, so haben Gegenwärtige sich zu folgendem Spruche nicht ohne Schwierigkeit wegen des außergewöhnlichen Falles vereinigt."

„Der von Katte ist hiermit verurtheilt: cassirt zu werden und als Baugefangener eingestellt zu werden unter die Sträflinge der Festung, zehn Jahre lang."

König
(stößt heftig mit dem Stocke auf — Pause).

So? (Er geht rasch auf Buddenbrock zu und sieht ihn an, der ruhig die Blicke aushält; dann kehrt er nach vorn zurück.) Das ist was Anderes! (Quer hin= und hergehend und die Richter ansehend) Ich habe freilich nicht gedacht, daß es schon so weit gekommen ist — (stehen bleibend) daß auch meine ältesten und erprobtesten Officiere Rücksicht nehmen würden auf den vermeintlichen Erben meiner Krone in einer blanken Soldatenfrage.

Buddenbrock und Wartensleben (halblaut).
Majestät!

König.
So weit also bin ich schon, ich alter Mann?

Buddenbrock.
Majestät verzeihen, daß ich gar nicht protestire gegen

einen Verdacht, über welchen ich mich erhaben fühle. Bedarf mein König des alten Buddenbrock's Kopf, um eine Nacht ohne Sorge zu schlafen, hier ist er — aber richten kann ich nur nach meiner freien Einsicht, und für diese liegt hier keine blanke Soldatenfrage vor.

König.

Das also ist die herrschende Meinung unter meinen Heerführern?

Grumbkow.

Die überwiegende nur, Majestät, ist es geworden in diesem Falle —

Buddenbrock.

Es sind auch die strengsten Urtheile erhoben und vertheidigt worden.

König.

Das will ich hoffen.

Buddenbrock.

Jedoch nicht zum Beschluß gedieh'n, weil die ganze Affaire unklar, mehr chimärisch als thatsächlich, in der Ausführung quasi provocirt und doch nicht ausgeführt ist. Leutnant von Katte steht zu Garnison in Berlin und hat Berlin noch nicht verlassen.

(Pause.)

König
(sich zu Friedrich und Katte wendend).

Dabei könntet Ihr Unglücklichen nur verlieren, wenn Ihr zu verlieren hättet. — Grumbkow! Das Papier.

Grumbkow
(nimmt den Bogen von Buddenbrock und überreicht ihn dem Könige).

König

(sieht einen Augenblick nach den Unterschriften und reißt dann den Bogen von
oben bis unten entzwei).

Dies Urtheil ist cassirt.
(Sichtbarer Eindruck.)

(Der König geht quer auf der Bühne umher. Pause. — Gegen das Gericht
sich wendend:) Ich habe nie so gehandelt. Es thut mir weh,
so handeln zu müssen. Der Majestät himmlischer Beruf ist
es: die richterlichen Sentenzen zu mildern, Verurtheilte zu
begnadigen. Gnade zu üben ist ein balsamischer Segen für
das Herz eines Königs: Mein Herz hat hundertmal unserm
Herrn und Schöpfer dafür gedankt. Aber Gnade ohne
Unterschied geübt ist eine Schwäche. Hier könnt' ich sie
nicht verantworten vor meinem Stande, vor meinem Reiche.
Ihr wißt nicht, was Ihr thut. Dafür steh' ich oben, um
weiter zu sehen, als Ihr. Was diese jungen Leute da ge=
trieben, ist Untergrabung des Herrscherthums. Mit fremden
Ministern und Gesandten haben sie complottirt; die Politik
des Landes haben sie gewaltsam ändern wollen durch ihre
Schritte. Das kümmert Euch nicht, deshalb ist Euch nur
oberflächliche Andeutung darüber zu Theil geworden. Aber
wenn Ihr auch gar nichts hiervon wußtet, Ihr wußtet
genug, um strenger zu richten. Dieser Katte ist nicht nur
Officier bei meiner Armee, der mir als solcher getreu und
hold sein muß, damit die Schutzwehr des Landes unbe=
schädigt bestehe. Er ist Officier bei der Garde Gensd'armes,
als solcher unmittelbar beigethan meiner Person und meinem
Hause. Schaden und Nachtheil für mich und mein Haus
soll er verhüten laut seines Eides. Und was hat er gethan?

Gegen mich und mein Haus conspirirt, mit der künftigen
Sonne gebuhlt und gefälscht gegen mich und mein Regiment
— was soll daraus werden, wenn der König sich nicht mehr auf
Die verlassen kann, welche er unmittelbar in Eid und Pflicht
genommen? Mit welcher Stirn soll ich künftigen Uebel-
thätern die gerechte Strafe angedeihen lassen, wenn sie von
einem Ende des Landes zum andern schrei'n: Ist doch der
Katte begnadigt worden, warum sollten wir's nicht werden?!
Nein! Ich bin auch in meiner Jugend durch die Schule
gelaufen und habe den Rechtsspruch gelernt: Fiat justitia,
pereat mundus! — (Zur Seite gehend und die Stuhllehne ergreifend)
Und also soll's gescheh'n: Der Katte muß sterben.

(Der König setzt sich.)

(Allgemeine Bewegung.)

Friedrich.

Allmächtiger Gott!

Katte.

Sterben!

Doris.

O himmlischer Vater!

Friedrich.

Das ist nicht möglich.

(Pause.)

König

(sieht mit halbem Blicke nach diesem letzten Sprecher).

Friedrich.

Das ist nicht möglich, das kann der König, mein Vater,
nicht befehlen. Er kann nicht den Diener tödten, um den
Herrn desselben zu bestrafen. Was Katte gethan, das hat

er auf mein Geheiß gethan; mir gebührt der tödtliche Zorn des Königs, mir allein!

Buddenbrock (halblaut zu Katte).

Fallt nieder, von Katte, und bittet um Gnade!

Doris
(während dieser Worte des betäubten Katte Hand ergreifend und ihn vor=
führend).

Fleht um Gnade, Katte, bei Gottes Barmherzigkeit!

Friedrich.

Vater! Das Recht über Leben und Tod ist ein zwei=
schneidig furchtbares Recht, furchtbar auch für den, welcher
es üben darf. Vorwärts zerschneidet es ein Menschenleben,
rückwärts schneidet es in unser Gewissen, wenn nur ein
Hauch von Entschuldigung aus dem Blute des Getödteten
aufsteigt. Das Gewissen stirbt nicht, eine Wunde des Ge=
wissens blutet ohn' Ende — Vater, so lange ich lebe, würd'
ich für Sie eine Mahnung an diese Wunde sein. Hören
Sie auf mich, Vater (der König scheint gar nicht auf das zu hören,
was Friedrich sagt). Sie hören mich nicht! Ich will getödtet
sein, ich, Ihr Sohn, wenn unser Treiben eine so blutige
Sühnung verlangt, ich bin der Schuldige! Katte hatte nur
gethan, was ich befohlen!

Katte (dem Könige zu Füßen fallend).

Gnade, Majestät!

König
(ohne Friedrich einen Augenblick anzusehen).

Ich habe Ihn nie leiden mögen, Katte, ich halte Ihn für
ein verdorbenes Subject. In diesem Augenblicke jedoch,

da ich Ihm das Leben abspreche, bin ich ohne Groll und
Zorn gegen Ihn. Als ein ganz unbefangener Richter ver=
urtheile ich Ihn.

Friedrich.

Vater! Vater!

König

(ohne aufzusehen und ohne sich zu unterbrechen).

Es thut mir sogar leid, besonders Seines würdigen
Vaters und Großvaters halber, daß Er so jung von dieser
Welt muß. Zeit zur Besserung wäre Ihm so nöthig.

Friedrich.

Vater!

Doris (leise).

Barmherzigkeit!

Buddenbrock (leise).

Majestät!

Wartensleben (leise).

Majestät!

König.

Aber es ist besser, Er kommt aus der Welt, als daß die
Justiz aus der Welt kommt. — Grumbkow, übergebt ihn
der Wache für's Gefängniß und laßt Alles vorbereiten.
Seiner braven Verwandten wegen ohne Qual und Schmach,
die er verdient hätte. Wenn noch Christenthum in Seine
leere Seele zu senken ist, so soll's mich herzlich freu'n für
Ihn. Feldprediger Müller wird Ihm beisteh'n und Ihn auf
dem letzten Gange geleiten.

Friedrich (schreiend).

Vater! (Katte an der Hand fassend) Ich lasse Dich nicht
aus meinen Händen, Katte!

Grumbkow.

Vorwärts, Leutnant!

Friedrich.

Nimmermehr, Henker! — Es ist nicht möglich! Mein
Vater kann mich nicht zum Mörder machen! Vater, es ist
wahr, ich bin nicht geändert, bin noch das Widerspiel von
alle Dem, was Sie haben wollen, bin sogar starrsinniger
als je, ich kann nicht anders! Der furchtbare Zwang, den
ich finde, macht mich starr und nun und nimmermehr weich
und fügsam, ich werde nicht weichen und wenn Sie des
Schwertes tödtliche Spitze auf meine Brust setzen und wenn
ein Niederschlagen meiner Augenlider, wenn ein bittendes,
meinen Sinn abschwörendes Zucken meines Blicks mich
retten könnte, ich werde n i c h t weichen und mich verläugnen
vor irgend einer brutalen Drohung auf Erden — aber,
Vater, um einen Menschen zu retten, der um meinetwillen
sterben soll, um meinetwillen, der ich auch nichts weiter bin
als ein werdender, vielleicht nichtiger Mensch, um meinen
Gefährten Katte zu retten, geb' ich Alles hin, was Sie ver=
langen: meine Neigungen, meine Hoffnungen, Alles, Alles,
was Sie wollen, mein Leben allem Anderen voraus, diese
Last, wenn der Geist desselben erdrückt wird, diesen Fluch,
wenn die Genossen für mich büßen sollten, hier ist Alles,
Alles, was ich geben kann, vor Ihre Füße gelegt, sprechen
Sie aus das befreiende Wort, sprechen Sie Gnade — —!

König
(sieht sich ruhig nach ihm um, ohne ein Wort zu sprechen).

Friedrich (ganz matt und leise).

Sprechen Sie Gnade! Ich habe nichts weiter zu bieten.

Aber ich fühl's in diesem Augenblicke: was ich der Drohung nicht gewähren kann, der Liebe kann ich Alles, Alles entgegen bringen, ein Wort der Liebe von meinem Vater ändert die ganze Welt für mich — —

(Pause.)

König
(ohne ihn anzusehen, halblaut für sich).

Der sonst kein Herz hat, für den bösen Spießgesellen zeigt er so was in Schwäche und Hingebung — (Er steht rasch auf und winkt gebieterisch, Katte fortzuführen) Fort!

Doris.

Oh!

Wartensleben.

Verloren.

Buddenbrock.

Vorbei.

Katte.

Weh mir! (Geht nach hinten, Grumbkow folgt ihm.)

Friedrich (schreiend).

Ihr himmlischen Mächte, hätt' ich ein Schwert, ich schriee nicht nach Euren Blitzen!

König
(im Zorn zitternd zusammenfahrend bei diesem Ausrufe, greift an seinen Degen und zieht ihn halb aus der Scheide).

Buddenbrock
(zwischen ihn und Friedrich tretend, als wollte er den Prinzen mit seinem Leibe decken).

Majestät! (zu Friedrich, dem er die Hand drückt) Fassung! (zum Könige) Majestät haben Weiteres befohlen.

König (faßt sich gewaltsam).

's ist — gut — Buddenbrock!

(Unterdeß hat Katte hinten Wartensleben umarmt und Doris die
Hände gereicht und ist hinaufgestiegen, wo auf Grumbkow's Wink der Officier
vorgetreten ist. Grumbkow bleibt unten.)

Katte

(kehrt sich am offenen Fenster um und ruft Friedrich zu, indem er auf=
wärts zeigt).

Es stand geschrieben, Prinz.

Friedrich

(die Arme nach ihm ausstreckend im größten Schmerze).

Nein! Katte! Nein! (Bedeckt sich, abgewendet vom Publicum,
das Gesicht mit den Händen. Doris sinkt schluchzend links an den Stufen
nieder. — Katte ab; hinter ihm Finkemann ab.)

(Pause.)

König

(in tiefer Bitterkeit die Worte Katte's leise wiederholend).

„Es stand geschrieben!" (laut) Das Weitere also — der
Spruch des Kriegsgerichts über den Oberstleutnant!

Buddenbrock (zögert mit der Antwort).

König.

Der Spruch!

Buddenbrock.

Ueber Seine königliche Hoheit den Kronprinzen —?

König.

Ueber den Oberstleutnant Friedrich, der Spruch!

Buddenbrock.

Es ist keiner vorhanden.

König.

Ho!?

Buddenbrock.

Das Kriegsgericht hat erklärt, daß es nicht ermächtigt sei, über den Kronprinzen des regierenden Hauses Gericht zu halten.

König.

Nicht dieser, sondern ein Oberstleutnant als Deserteur ist vor Euch angeklagt.

Buddenbrock.

Das Kriegsgericht hält sich nicht für befugt zu solcher Unterscheidung.

König
(überwältigt mit großer Anstrengung seine zornige Ungeduld).

Man will — mich von Sinnen bringen. — Meine ältesten Diener und Freunde — widersetzen sich. Ich will Euch zeigen, daß — Euer Chef noch nicht auf der Bahre liegt, daß noch Disciplin herrscht in meiner Armee. (ausbrechend) Ein Kriegsgericht ist befugt, wozu ich, das Haupt des Heeres, dies Kriegsgericht befuge. Wenn ich den Kronprinzen verläugne, so kennt Ihr keinen, und wenn Ihr das wirklich nicht versteht, so werd' ich den Fürsten von Anhalt rufen, meinen obersten Feldmarschall, er wird's Euch lehren. Dieser gefangene Oberstleutnant ist als Deserteur von Euch zu richten auf Leben und Tod, das befiehlt Euch preußischen Officieren der Chef der preußischen Armee.

(Ist bei den letzten Worten auf Buddenbrock zugegangen und hat mit jäh abweisender Handbewegung diesen genöthigt, unter Verbeugung zurückzutreten nach dem Tische.)

(Ganz kurze Pause.)

Neunte Scene.

Eversmann. — Die Königin. — Die Vorigen, ohne Katte.

Eversmann

(eilig links hinten bis zur offenen Thür oben kommend).

Majestät, ich bin nicht im Stande meinen Auftrag zu vollführen: der Frau Königin Majestät hört nicht auf meine Einwendung, die Wachen präsentiren, statt in den Weg zu treten, da ist die Königin —

Königin

(von links hinten. Eine Hofdame erscheint einen Augenblick mit ihr, zieht sich aber mit dem abgehenden Eversmann sogleich wieder zurück).

Hinweg, frecher Dienstmann! (Eversmann weicht oben nach dem Hintergrunde und dann ab.) Da ist mein Sohn! (hinabsteigend) Zu mir tritt, mein Sohn, an meine Seite! Wenn Dein Vater es vergessen kann, daß Du sein Sohn und auf dem Throne geboren bist, so lebt Deine Mutter noch, Dich und Dein unveräußerbares Recht zu schützen.

König.

Steckt Eure Degen ein. Mit Weibern giebt's kein Kriegsgericht.

(Es geschieht.)

Königin.

Warum erfahre ich nicht, was Erschreckliches vorgeht in diesem Schlosse? Warum werde ich abgewiesen vor den Thüren meines Hauses wie eine Fremde? Warum werde ich allen Gerüchten preisgegeben, allen Gerüchten der Angst und des panischen Schreckens, welche über Treppen und Corridore laufen und stöhnen wie Gespenster, und Hoch wie Niedrig vom nächtlichen Lager aufjagen; warum erfahre ich nichts, wenn es sich um meinen Sohn, um seine Würde, um meine Würde handelt? Die Bürger der Stadt sogar sind unterrichtet, und dringen voll Mitgefühl und Klage ins Schloß. Habe ich aufgehört, Königin und des Kronprinzen Mutter zu sein, weil es Eurer Majestät gefällt, mein Recht hintanzusetzen? Mein Recht und Rang einer Königin und Mutter sind nicht Ihrem Urtheil preisgegeben. Ich nehme sie in Anspruch vor Gott, der sie mir gegeben, vor der ganzen Welt, die sie anerkennen muß, und ich werde sie wahren mit Hilfe der Meinigen, wenn Hilfe nöthig ist, mit Hilfe von Kaiser und Reich, mit Hilfe aller Potentaten Europas, die in mir und meinem Sohne angegriffen werden.

König
(der links in den Vordergrund getreten ist und ohne Zeichen irgend eines Eindrucks sich verhält).

Das Gericht hat meinem letzten Bescheide nachzukommen. Von hier gehend tritt es stehenden Fußes wieder zusammen und in Berathung, und mit dem Glockenschlage sieben Uhr bringt mir Generalmajor von Buddenbrock den Spruch in das Gefängniß des angeklagten Oberstleutnants.
(Er macht Anstalt fortzugehen, die Officiere des Gerichts machen Anstalt ihm zu folgen.)

Königin.
König von Preußen! Wenn dieser Oberstleutnant der Kronprinz sein soll, so protestire ich feierlich gegen solches Verfahren. Auf die drohenden Gerüchte hin habe ich bereits alle Gesandte fremder Mächte unterrichten lassen —

König.

Madame!

Königin.

Daß sie das Recht bedrohter Fürstenherrlichkeit schützen
und wahren mit Wort und That. —

König.

Dein Unglück häuft sich, Sohn!

Königin.

Denn die Fürstenherrlichkeit ist noch nicht untergegan=
gen, wie Eure Majestät meinen, im Soldatengesetz, und ein
Thronfolger ist geschützt durch die Macht aller Throne.
Wenn mein Sohn zu richten wäre, so könnten nur seine
Pairs in Europa den Gerichtshof bilden, nimmermehr aber
Officiere, die ihm nicht ebenbürtig sind. Ein Schrei der
Entrüstung von allen Fürstensitzen Europas wird Eure
Majestät belehren, wie schwer Sie diejenige Würde verkannt
und beleidigt, deren Schutz und Schirm der Allmächtige in
Ihre Hand gelegt.

König.

Das Schwert, Madame, ist meines Hauses Gloria,
und wer's in diesem Lande führt zu Ruhm und Ehre seines
Reichs und Königs, der ist der Hohenzollern Pair in Ehre,
Noth und Tod!
(Bewegung unter den Officieren.)

Königin.

Diese Neuerung hier zu Lande werde ich, werden die
Meinigen in Hannover und England nie anerkennen; am
wenigsten gegen meinen Sohn, welcher durch mich, durch

seine Mutter, dem stolzen Blute der Welfen zugehört. Unser
Ahnherr Heinrich der Löwe duldete nicht den gewaltigen
Kaiser Barbarossa über sich, und sein Enkelsohn sollte unter
die Degenquaste von Officieren erniedrigt werden? Nun und
nimmer! Wer seinen Richter u n t e n sucht, der verliert den
Blick und Schritt nach o b e n, der verdient nicht mehr ein
Vorbild zu sein für Millionen.

König.

Aber der verdient's, nicht wahr, Madame, welcher die
Lehre von Gott und göttlichen Dingen, welcher Gesetz und
Sitte mit Füßen tritt?!

Königin.

Das hat mein Sohn nicht gethan.

König.

D a s   h a t   e r   g e t h a n.   Und auf schimpflicher Flucht
ist er soeben angehalten worden.

Königin.

Flucht aus gemeiner Haft bringt niemals Schimpf.
Ihr eigener Vater floh zu den Seinigen nach Hannover,
und doch war s e i n Vater der große Kurfürst, und doch
wurde er selbst der stolze Gründer unsers Königthums.
Was Sie von Gott und göttlichen Dingen klagen gegen
meinen Sohn, das ist ein Streit für Theologen, nicht für
Fürsten, und was Sie Gesetz und Sitte heißen, welche mein
Sohn verletzt haben soll, (leise) das ist Ihre eigene Eng=
herzigkeit und Pedanterie, welche uns Alle peinigt, Alle!
Wenn meines Sohnes Herz und Geist hinausdrängt über
diese kleinliche Schranke, so ist es mir ein Zeugniß, daß er

größern und freiern Raum braucht für Herz und Geist, als ihm beschränkter Sinn gestatten will. Unwürdiges, Unedles hat er nie begangen, wird er nie begehn.

König.

Nicht?! (Er pausirt und greift mit den Händen an sein Haupt, wie einer, der sich überzeugen will, daß er wache und bei gesunden Sinnen sei.) Bin ich denn ein Kind, welches den Zusammenhang der Dinge nicht begreift, daß ich überall auf Widerspruch stoße?! — Nichts Unwürdiges? Nichts Unedles?! — (Plötzlich und hastig zu Doris schreitend, sie bei der Hand ergreifend und zur Königin führend.) Kennen Sie dieses Mädchen? Wissen Sie — (mit gewalt= sam unterdrückter Stimme nur halblaut), daß es die Dirne Ihres Sohnes ist?!

Doris.

Allmächtiger!

Friedrich.

Das ist nicht wahr! —

König

(nur die Königin ansehend und alles Andere nicht beachtend, fährt durchdrungen von seinem moralischen Rechte und mit fast schmerzlichem Tone fort)

Ist das genug Unwürdigkeit in einem deutschen Hause?!

(Geht nach links in den Vordergrund.)

(Pause.)

Doris

(unter Zeichen des schmerzlichsten Kampfes).

Mein Herr und König —

Friedrich

(ebenso, aber lauter ausbrechend).

Die Unschuld ist ohne Waffen. Sie zu beleidigen, ist — nicht gefährlich.

Doris.

Mein Herr und König, ich habe wohl Strafe verdient, daß ich den Aufforderungen Ihrer Kinder gefolgt bin zu Uebungen in Musik und Schauspielen. Mein niederer Stand paßt nicht zu hoher Gesellschaft, und ich hätte dies gewissenhafter bedenken sollen. Ja, ich habe mich einwiegen lassen in den Traum: Stand und Rang verschwinde auf Augenblicke unter dem Gesange der Begeisterung — ja, ich hab's wie einen weltlichen Glauben gehegt und gepflegt: es gebe einen Richterstuhl, vor welchem alle Menschenkinder nur gefragt würden, ob sie großmüthig und edel empfinden könnten — ich habe gewiß strenge Strafe verdient für meine Vermessenheit, aber, Majestät, Schmach und Schande glaub' ich nicht verdient zu haben.

(Kurze Pause.)

König.

Nun, da hören Sie, Frau Königin! Das sind Ihres Sohnes vornehme Gedanken! Hab' ich nun Unrecht? Von ihm stammt diese neuerungssüchtige Verwirrung, welche Gott und die Welt und Stand und Rang, und Hoch und Niedrig in einen Topf zusammenwirft und frech durch einander schüttelt. Bin ich nun wirklich ein eigensinniger alter Mann, der übertreibt, weil er sich überlebt hat? Ist mit solchem Plunder von Redensarten eine geordnete und gottesfürchtige Staatsgesellschaft möglich? Hab ich nun Unrecht, wenn ich standhaft behaupte: wer gottlos ist, der ist des Aergsten fähig? Bei meiner armen Seele, nein! — (zu Friedrich und Doris) Ich kenne Euch bis auf den Grund, und

— gründlich muß ich gegen Euch verfahren. Just Schmach und Schande gebührt solchem gauklerischen Spiel mit den Lehren des Staats, der Moral und der Kirche, Schmach und Schande nur kann Euer und Eurer Genossen überspanntes Hirn curiren, und sie soll über Euch ergehn. Grumbkow!

Grumbkow (halblaut).

Majestät.

König.

Die französischen Lehrer und Bibliothekare des Kron= prinzen über die Grenze! Dieses Mädchen, (das Folgende mit tonloser Stimme) züchtiglich in graue Leinwand gekleidet, soll vor allem Volk auf den Molkenmarkt hinübergeführt werden an den Pranger und dort soll sie (noch schwächer) den Staupen= schlag erleiden.

Doris (stürzt mit einem Schrei zu Boden).

Friedrich (schreiend).

Nimmermehr! (Einige Schritte gegen den König eilend; nach Worten ringend und dann nahe zum Könige tretend.) Majestät!

König.

Du bittest umsonst; ich kann Dir nicht mehr helfen, gestern Abend hab' ich Dich verständlich genug gewarnt.

Friedrich (außer sich).

Majestät — ich bitte nicht für mich — ich versehe mich des Aergsten — von Ihrem tödtlichen Hasse gegen Ihren Sohn. Ich bitte — für dieses Mädchen — der Sie schreiend

Unrecht thun! (leise) Vater, Ihr Verdacht ist ein Irrthum, dies Mädchen — ist rein und keusch wie das Licht der Sonne, — Vater, (ganz leise und sich vorher einen Augenblick nach Doris umsehend) ich habe dieses Mädchen nie geliebt!

König

(entsetzt die Hände zusammenschlagend).

Verlorener, Du willst mein Sohn sein! (Friedrich tritt erschreckt zurück.) Das ist zu viel, (zur Königin) auch für Sie, Sophie! (stark und höhnisch) Jetzt verläugnet er noch dies zu Grunde gerichtete Mädchen —

Friedrich.

Um Gottes willen Schweigen, mein Vater!

König.

Und sagt: (mit höhnischer Stärke die Worte fast lachend) er habe sie nie geliebt!

Doris.

Oh!

Königin.

Das wußt' ich wohl!

(Kurze Pause.)

Doris.

Oh! Barmherzigkeit, Vater im Himmel, Du strafst mich fürchterlich. — (richtet sich auf) Majestät — ich habe die Briefe entwenden wollen (schwankend einige Schritte gegen den König machend) — ich habe den Tod verdient — (auf die Knie fallend) Gewähren Sie mir den Tod!

Friedrich

(ist bei den Worten des Königs „er habe sie nie geliebt" mit einem unarticulirten Schrei und sich das Gesicht mit den Händen bedeckend in die Ecke rechts vorn geflüchtet, und hat das Folgende mit den Zeichen tiefster Aufregung begleitet).

Den Tod für uns Beide! Diese Welt ist ein Hohn für jede edlere Empfindung. Dorothee, (zu ihr eilend) an mein Herz! und vergieb, daß ich Dich retten gewollt.

Königin.

{ Mein Sohn!

Doris.

{ Mein Prinz!

Friedrich.

Um Dich zu retten nur hab' ich mein Herz und Dich verläugnet! Hör' es Welt und hör' es König: ich liebe dieses Mädchen —

Dorothee (im größten Entzücken).

Prinz!

Friedrich.

Lieb' es mehr als mein Leben, und nun tödte uns, König! — (mit schwacher Stimme) An meinem Arm darf sie Niemand beschimpfen.

(Pause.)

König

(tief betroffen, noch einen Schritt nach dem Vordergrunde tretend, zur Königin).

Verstehen Sie diese Menschen, Sophie?

Königin.

Was thust Du, Sohn?

Friedrich.

Mutter, was das Herz mich heißt, das mir mein Vater abspricht. Ja, es bewährt sich Deines Vaters Wort:

(zu Doris, die er einige Schritte vorführt) sie können uns vernichten, doch v e r d e r b e n können sie uns nicht.

Doris.

Es giebt ein Ideal!

Friedrich.

Am Thron und in der Hütte!

(Der Vorhang fällt rasch.)

———————

Vierter Act.

Gewölbter Saal.

Vor dem Hintergrunde eine sechs Stufen hohe Treppe, welche durch steinerne Geländer in drei Treppen getheilt ist, so, daß die mittlere die breiteste, die links und rechts von gleicher Breite. Letztere brauchen nur je für zwei Personen neben einander Platz zu bieten. Die Höhe der Treppe ist allen dreien gemeinschaftlich, und der Treppenplan oben ist mindestens drei Schritt breit. In der letzten Culisse links und rechts führt eine Thür auf diesen Plan der Treppenhöhe, so daß man, aus einer dieser Thüren tretend, entweder auf den Seitentreppen herabsteigen oder auf der Treppenhöhe bis zur Mitteltreppe vorschreiten kann. Die Geländer sind von halber Manneshöhe und winden sich in Gestalt eines S, dessen obere und untere Spitze abgekürzt ist.

Der Hintergrund selbst hat in der Mitte eine breite Bogen=thür und links und rechts hohe gothische Fenster, welche nach außen vergittert sind. — Fenster und Thür sind geschlossen. Hinter diesem Hintergrunde ist in gleicher Höhe mit dem Treppen=plane der Raum gangbar in einer Breite von zwei Mann neben einander.

In der Perspective ist ein Wall und über diesem sind Bäume, Dächer von Häusern und ein Thurm sichtbar.

Innerhalb des Saales unten ist keine Thür. An der Wand rechts im Vordergrunde eine Soldatenpritsche wie im ersten Acte. Links an der Wand einige hölzerne Schemel.

(Es ist Tag.)

———

Erste Scene.

Friedrich. — Feldprediger Müller.

Friedrich

(erhebt sich beim Aufgehen des Vorhanges ein wenig auf der Pritsche, wo er, mit dem Soldatenmantel aus dem ersten Acte bedeckt, geschlafen hat, und stützt sich auf den Ellenbogen).

(Man hört schon während dem Aufgehen des Vorhanges tief aus dem Hintergrunde das Flötensolo, welches im zweiten Acte von der Geige begleitet worden ist.)

(Feldprediger Müller kommt von oben rechts und steigt langsam und leise die Treppe rechts herab, unbemerkt von Friedrich am Fuße derselben stehen bleibend.)

Friedrich

(spricht gleichzeitig mit dem Flötenspielen, dem er einen Augenblick schweigend zugehört).

Das ist mein lieber Freund aus Sachsen, Quanz, der mich trösten will. (Kurze Pause, während welcher man von rechts hinten ganz schwach einen Trommelwirbel auf gedämpfter Trommel hört. Die Flöte verstummt.) Es ist Tag, und es war kein Traum — was diese Nacht geschehen, ist wahr und wirklich, der barmherzige Schlaf nur hat mir's verschleiert. Wie grausam ist der Mensch gegen sich selbst! Mit jedem Schlummer erneut er sich und vernichtet seine eigenen Stimmungen und Gefühle. Welch eine entsetzliche Macht immerwährender Wiedergeburt besitzen wir! Gestern weinte ich über die Opfer einer Schlacht und heute — kann ich kalten Blutes eine neue liefern.

(Müller naht sich einige Schritte, Friedrich gewahrt ihn.) Ah, da bist Du schon, schwarzer Vogel, der auf Gräbern nistet! Dein heis'rer Gesang soll mich wohl trösten oder gar bessern?!

10 *

Müller.

Mein Prinz, aus Katte's Gefängniß bin ich in das
Ihrige gesendet, dort zu trösten, hier zu lehren.

Friedrich.

Lehre dort und tröste hier, ich bin schwer gelehrig.

Müller.

Es wird Ihnen tröstlich sein, daß Katte auf meine
Ansprache eine würdige und christliche Fassung gefunden.

Friedrich.

Das heißt?

Müller.

Seine eitlen Zweifel an Gott und göttlichen Dingen
sind zerstoben vor dem furchtbaren Ernste seiner Lage.

Friedrich.

Der schwache Mensch glaubt was Ihr geglaubt haben
wollt?!

Müller.

Vor dem Tode entweichen die Nebel dreister Gedanken-
spiele.

Friedrich.

Die Nebel! Was Ihr Nebel nennt. Der herrschende
Glaube betrachtet sich immer als Sonne.

Müller.

Wie könnte er herrschen, wenn er nicht Vertrauen zu
sich selber hegte.

Friedrich (streng).

Wozu eine Herrschaft in Fragen, welche kein Mensch
beantworten kann?!

Müller.

Der Glaube fragt nicht, er vertraut. Ist der ein guter Mensch, welcher das Vertrauen Anderer zerstören will, weil er selbst keins besitzt?

Friedrich (nach einer Pause).

Nein. Aber ist der ein frommer Mensch, welcher den Nachbar zwingt, ein Vertrauen zu heucheln, welches dieser Nachbar nicht besitzt?

Müller.

Nein. Und doch ist es gut und fromm, sein Vertrauen dem Nachbar einzuflößen durch gute Worte und gute Werke.

Friedrich.

Wer thut das? Wer kann das?

Müller.

Es thut's der Priester, dessen Beruf es ist; es kann's jeder gute Mensch, denn wer gut ist, der hegt Liebe, und Liebe giebt Geduld.

Friedrich.

Ist es ein Zeichen von Liebe und Geduld, wenn man die Andersdenkenden verfolgt?

Müller.

Man soll nur den Irrthum verfolgen, nicht die Irrenden.

Friedrich.

Und wer bestimmt, was Irrthum ist?

Müller.

Die Gemeinde.

Friedrich.

Das heißt die Mehrzahl!

Müller.

Das heißt die Zahl derjenigen, welchen ein friedliches, geordnetes Zusammenleben Bedürfniß ist und welche fähig sind, ein Opfer zu bringen. Zerstören Sie diesen edelsten Sinn des Menschen, den Sinn für Vereinigung, und Sie zerstören nicht nur die Kirche, sondern auch Staat und Ge= sellschaft und das wüste Gebahren der Bestie beherrscht den Erdboden. — Die Gemeinde, das heißt ein gemeinschaft= liches Recht, ist unser Schutz. Was wollen Sie mehr?

Friedrich (sich ganz zum Sitzen erhebend).

Freiheit will ich innerhalb der Gemeinde. Nur das Unerläßliche soll man in Grenzen fassen, nicht das Beliebige Die Dinge der Erde soll man ordnen und regieren, die Dinge des Himmels aber dem Himmel und dem Gewissen jedes Einzelnen überlassen. Euer mildes Herz täuscht Euch, lieber Müller, wenn Ihr glaubt, man verfolge hier bei uns nur den Irrthum, man verfolgt die Menschen, welche diesem sogenannten Irrthum auch nur die prüfende Seele öffnen. Die heiligsten Bande der Natur schützen nicht vor dieser Ver= folgung: der Vater verläugnet seinen Sohn um die Fratze eines theologischen Artikels, und über Sylbenstecherei ohne Werth und Ziel ist man im Stande die Herzen lebendiger Menschen durchstechen zu lassen durch Marter= und Henkers= knechte — geht hinweg! Euer Gebahren mit Gott und göttlichen Dingen ist roh und gemein und erfüllt mein Herz mit bitterster Verachtung.

Müller.

Mein Prinz!

Friedrich.

Wollt Ihr Gottes Wort auf Erden vertreten, so befreit
Euch von jeglicher Leidenschaft! Mit Zorn und Rechthaberei
auf der Lippe seid Ihr eine gräßliche Verzerrung priesterlichen
Berufs.

Müller.

Sie thun mir Unrecht, Prinz.

Friedrich (ihm die Hand reichend).

Euch mein' ich nicht, Müller. Euch hab' ich immer
einfach und friedfertig gefunden, einfach und friedfertig sein
heißt Priester sein.

Müller.

Schicket Euch in die Zeit, sagt die Schrift. Und dies
Wort gilt jetzt Ihnen, mein Prinz. Sie sprechen gering=
schätzig vom Unterschiede einzelner Glaubenssätze, und setzen
doch Alles auf's Spiel für einen Glaubenssatz. Ich kenne
den König, Ihren Herrn Vater, ich hab' ihn eben gesprochen.
Streng ist sein Sinn und eng. Der kalvinistische Satz von
der Prädestination, welchen Sie leider vertreten wollen, er=
füllt seinen Sinn ganz und gar. In diesem Satze allein
wurzelt seine Entrüstung gegen Sie, alles Andere ist bloße
Schale seines Zorns — warum bestehen Sie auf einem
Glaubenssatze, während Sie übrigens das Beharren auf
Dogmen tadeln —?

Friedrich.

Warum?

Müller.

Auch ich, welchem Sie priesterliche Eigenschaften zuge=
stehen, auch ich verwerfe die Prädestinationslehre aus
innerster Seele.

Friedrich.

Ich auch.

Müller (lebhaft zutretend).

Gott Lob und Preis! Dann sind Sie gerettet!

Friedrich.

O nein, Müller! Ich habe auch meinen Glaubenssatz;
es ist der Glaube an mein Recht, an meine Freiheit, es ist
der G r u n d s a t z eines Mannes, der da sagt: Meine Seele
ist mein und ich allein hab' sie zu vertreten. Sie soll nicht
abhängig sein vom Glauben eines Andern, sie soll nicht vom
Zufall leben.

Müller.

Ich verstehe Sie nicht.

Friedrich.

Es ist ein Zufall, daß ich der kalvinistischen Lehre nicht
mehr zugehöre. Als der arme Katte, ein leicht beweglicher
Geist, diese Lehre zum ersten Male vor mir aussprach, da
befing sie mich unwiderstehlich. Wenn man methodisch
philosophirt, so wird man ihr nicht leicht entgehen, die
Folgerichtigkeit eines trocknen Rechenexempels führt geraden
Weges zu ihr. Katte selbst aber, der sie durch seine Schlüsse
bewies, verleidete sie mir, brachte mich ab von ihr durch
seine Persönlichkeit. Er ist oberflächlich und ist nicht von
jenem dichten Zellengewebe, welches den dauerhaften Baum,

den dauerhaften Charakter bildet — ich wurde mißtrauisch, indem ich seine Person im Spiegel seiner Lehre und seine Lehre im Spiegel seiner Person betrachtete, ich wurde mißtrauisch gegen die bloßen Formeln, mit denen man Schlüsse zu Wege bringt. So prüfte ich denn die Lehre weiter an ihrem Inhalte, an ihren Folgerungen — diese Folgerungen entsetzten mich. Ich fand die Lehre gefährlich für jedes Princip des Lebens, der Moral und des Staates, gefährlich und widersprechend — ich warf sie hinter mich.

Müller.

Gott sei die Ehre! Durch diese Nachricht wird der König versöhnt.

Friedrich.

Ihr irrt Euch, Müller, diese Nachricht ist nicht für den König. Ich verbiete Euch, sie ihm mitzutheilen, ich würde ihr widersprechen, wenn er mich fragte.

Müller.

Prinz!

Friedrich.

Ich will nicht vom Zufalle leben. Ich will Gewissensfreiheit. Ich will das Recht haben, auch mit Kalvin zu irren. Könnte ich nicht heute noch Kalvinist sein, wie ich es war vor wenig Monden? Müßt' ich dann nicht mein Gewissen verläugnen, um meinem Herrn zu gefallen? Ich will frei sein, auch wo ich nicht gefalle.

(Er steht auf und geht nach links hinüber.)

Müller.

O mein Prinz! Der Geist des Menschen ist ein Labyrinth — bestehen Sie nicht darauf, daß gerade Ihr Weg der einzig richtige sei. Wären Sie so lange mitgegangen in dieser Welt als ich, dann würden Sie jedem Fingerzeige der Versöhnung folgen, würden dankbar für den Ausweg jedem Fingerzeige folgen. Wir blöden Menschenkinder entwachsen nimmermehr dem Irrthume. Sie wollen frei sein, und lassen sich von Ihrem Eigensinne fesseln, Sie wollen Recht haben, und verläugnen gegen Ihren Vater — die Wahrheit!

Friedrich.

Halt ein, Müller, da sind wir am entscheidenden Worte. Die Wahrheit will ich, aber die ganze. Je weniger ich glaube, desto fester und klarer will ich geordnet sehen was man wissen kann. Ich verachte die Faselei, ich hasse die Lüge. Richtig mag es sein, wenn ich Dich zu meinem Vater sagen lasse: Friedrich ist kein Kalvinist; aber wahr ist es nicht, wenn darauf eine Versöhnung erbaut werden soll. Der König würde mit Recht schließen, daß ich ihm die Befugniß ein=räumte: meine Seele zu beaufsichtigen, meinen Glauben zu commandiren. Diese Befugniß kann ich nicht einräumen, und weil ich dies nicht kann, bin ich in diesen Kampf gegen ihn gerathen. Ich übersehe jetzt ganz, um was es sich handelt in diesem Kampfe, und ich will ihn bestehen bis zu meinem Siege oder meinem Untergange.

Müller.

Und dieser Untergang ist nahe. Sie überlegen nicht, daß Ihr Gegner alle Macht der Welt gegen Sie hat, und daß Sie keine Waffen haben —

Friedrich.

Als meinen Geist und meinen Muth!

Müller.

Sie wissen nicht, daß der König im strengen Glauben an seine Pflicht als Haupt des Staats und der Kirche — das Aeußerste gegen Sie vorhat.

Friedrich.

Er kann mich tödten lassen. Dies ist das Aeußerste. Lieber Freund, das Leben gilt mir jetzt herzlich wenig, seit ich erkenne, wie man es mißhandelt und verdirbt durch Unkunde und Dünkel, das heißt durch Tyrannei.

Müller.

O mein Prinz, wie haben Sie sich verhärtet, weil Sie einen göttlichen Bestandtheil des Menschen grausam ausschließen aus Ihren Folgerungen! Dieser göttliche Theil des Menschen hat Sie über Katte's Irrthum aufgeklärt, dieser göttliche Theil kann Sie retten, er ist — des Menschen H e r z.

Friedrich (nach kurzer Pause halblaut).

Es ist zerdrückt in mir durch i h n — (noch leiser und sehr schmerzlich) den ich noch immer lieben möchte. Lieben möchte! So wunderbar hartnäckig ist der Drang der Natur! (auffahrend) Hat er denn ein Herz für mich, für seinen Sohn?!

Müller.

Gewiß. Und hätt' er's nicht, Sie sind ja Christ, der lieben kann, auch wo er keine Liebe findet — Ihr Gegner ist Ihr Vater, Prinz!

Friedrich.

Macht das Blut den Vater oder die Liebe?

Müller.

Hält die Liebe Abrechnung? Ist sie noch Liebe, wenn sie nicht schenken kann? Fragen Sie sich vor Allem streng, ob Sie lieben können, das heißt: ob Sie gut sein können?!

Zweite Scene.

Grumbkow. — Die Vorigen.

Grumbkow

(ist während der letzten Rede Müller's links oben aus der Seitenthür auf den Treppenplan getreten, hat ein Zeichen rückwärts hinein gemacht, als ob er Jemand zu warten bedeute, hat die Thür hinter sich geschlossen und spricht das Folgende von oben).

Feldprediger Müller! Katte's Stunde schlägt. Er bedarf und harrt Euer.

Friedrich
(entrüstet sich nach Grumbkow umsehend).

Nero's freigelassener Narciß!

Müller (zum Prinzen).

Gott öffne Ihr Herz! (Verbeugt sich gegen den Prinzen und geht über die Treppe rechts oben ab.)

Friedrich (ohne auf Müller zu hören).

Die Freigelassenen waren die beliebtesten Minister in Rom. Freigelassene wissen aus Erfahrung, wo die Fesseln greifen. Nicht wahr, Minister?

Grumbkow.

Ich weiß nur, und sehe, daß Ihre Erbitterung keine Grenze findet — (herabsteigend.)

Friedrich.

Pfui über Deinen Vater, Grumbkow, daß er Dir keinen
Hauslehrer bezahlt hat auf dem Dorfe, daß er Dich nicht
nach Frankfurt geschickt hat, um ein Collegium zu hören
über römische Historie!

Grumbkow.

Er hat mich nach Halle geschickt.

Friedrich.

Zu den Pietisten! Bravo! Der Wolf ward fort-
gejagt und die Heerde gesichert. Ja, ja wohl, Ihr habt
mehr Klugheit und Geschichtskenntniß als man denkt. Die
Geschichte habt Ihr Euch klüglich erwählt. Klüglich! Sie
ist eine gefällige Dirne, welche zu jedem Antrage mit dem
Kopfe nickt. Die Wahrheit dagegen hat mitunter ein so
garstig Gesicht und ist so grob. Wehe dem Menschen, der
sie suchen will um jeden Preis. Er ist ein Frevler! Er
weiß ja selbst nicht, was er Alles finden kann! Die schlimmste
Gesellschaft kann ihm ja begegnen. Und wozu das Wag-
stück! ruft Ihr: die ächte Wahrheit haben wir ja längst,
nämlich die nicht garstige, wir haben sie geerbt, sie wird über-
liefert! — Nicht wahr, kaiserlicher Römer, dies erleichtert
das Geschäft — Marionetten zu regieren?! (Geht nach hinten.)

Grumbkow.

Ich erinnere mich aus jener Schulzeit eines Vorfalls
aus der römischen Geschichte, Hoheit, den ich als gedanken-
loser Junker nicht recht begriff. In diesem Augenblicke versteh' ich ihn plötzlich. Es ist die Geschichte von den sibylli-
nischen Büchern. Ein altes Weib aus dem Orte Cumä, des

Namens Sibylle, soll zum Könige Tarquinius gekommen sein und ihm neun Bücher zum Verkauf angeboten haben. Bücher voll Weisheit, welche den König und den Staat glücklich machen würden. (Den Ton wechselnd.) Mir scheint's, als sei gestern Abend eine märkische Sibylle zum Kronprinzen von Preußen getreten und habe ihm ein ähnliches Anerbieten gemacht. Aber der König von Rom und der Kronprinz von Preußen fanden den Preis zu hoch und jener wie dieser jagten die Sibylle von dannen.

Friedrich.

Ich glaube, Ihr werdet witzig.

Grumbkow.

Und die Sibylle ging hin und verbrannte ein Drittheil der Bücher, und kam am andern Morgen wieder und bot dem Tarquinius die noch übrigen sechs Bücher für denselben hohen Preis. (Kurze Pause.) Mein Prinz! Gestern Abend konnten Sie noch Alles haben. Jetzt ist das Vertrauen des Königs dahin, jetzt ist Ruf und Lebensglück jenes Mädchens, (nach hinten oben links deutend) Ihrer Freundin da= hin, der Pranger erwartet sie, jetzt ist das Leben Ihres Freundes Katte dahin, seine letzte Stunde verrinnt. — Die ersten drei Bücher sind verbrannt, und dem Augen= scheine nach ist Ihnen der Verlust derselben bedeutend und schmerzlich genug. Soll das römische Gleichniß sich erfüllen? Sie wissen wohl, daß Tarquinius die Sibylle noch einmal abwies, und daß diese auch das zweite Drittheil der Bücher verbrannte. Sie kam mit dem Reste zum dritten Mal wieder, sie forderte denselben hohen Preis und — erhielt ihn, weil

der König sich entsetzte und Roms Untergang geweissagt
war, wenn auch der Rest der Bücher verbrannt würde.
Mein Prinz, das Gleichniß ist nicht ganz richtig: die mär=
kische Sibylle würde Sie beim dritten Male nicht mehr
finden. — Ihr eigenes Leben steht auf dem Spiele, jetzt
schon bei der zweiten Mahnung. Buddenbrock ist mit dem
geschärften Spruche des Kriegsgerichts daher beschieden; der
König ist auf dem Wege hierher, er will soldatisch endigen
mit dem Deserteur. Haben Sie heute eine bessere Antwort
als gestern für die märkische Sibylle?

(Pause.)

Friedrich (mit halber Stimme).

Rettet Katte, und rettet das unglückliche Mädchen!

Grumbkow.

Die ersten drei Bücher sind verbrannt.

Friedrich (nach kurzer Pause).

Ich habe die Schlacht verloren und muß leiden. Markten
kann ich nicht; ich bin kein Krämer. (Er legt sich auf die Pritsche
und deckt sich mit dem Mantel zu.)

Grumbkow.

Ich möcht' Ihnen gerne helfen, mein Prinz.

Friedrich.

Was Ihr sagt!

Grumbkow.

Ich schwör's Ihnen, Prinz, bei meiner Ehre, ich möcht'
Ihnen gerne helfen!

Friedrich.

Nun, so schickt mir ein Buch zum Lesen. Aus Büchern
allein kann man lernen; die Menschen wackeln alle.

Grumbkow.

Sie sind in Lebensgefahr, mein Prinz!

Friedrich.

Ihr auch. Jeder Schritt führt zum Tode.

Grumbkow.

Mein Prinz, hören Sie mein Geständniß: ich bin fast nicht minder besiegt denn Sie. Ich habe Ihnen nicht Muth noch Stärke zugetraut und habe zum Theil deshalb die Versuchung und Gefahr für Sie heraufbeschworen. Sie strafen mich Lügen und setzen mich ins Unrecht durch Muth und Stärke. Opfern Sie uns Ihre gefährlichsten Grund=sätze, und ich thu' Alles, um Sie zu retten.

Friedrich.

Wirf ein Paar Handschuhe hinter Dich, und Schicksal Grumbkow wird Dir lächeln. Was sind ein Paar Hand=schuhe! Was sind ein Paar Grundsätze! — (sich erhebend, sehr nachdrücklich) Du hast es gewagt, dreister Edelmann, Schicksal zu spielen mit Deinem künftigen Herrn, Du wirst es büßen. Geh' ich zu Grunde, so wird Dich Dein Gewissen qualvoll zum Grabe peitschen als einen Mörder Deines Herrn, als einen Mörder dieses Landes. Denn dies Land, dieser Staat voll verwegener Hoffnungen sinkt ins Nichts zurück, sobald dem jetzigen Garnisonsregimente eine mittel=mäßige Regentschaft, und nicht ein Herr und König folgt, ein Herr und König mit Gedanken und Plänen. Ueberleb' ich aber diesen Schiffbruch, (furchtbar streng) dann, Landes=verräther, wirst Du mir Rede stehn für diese qualvollen Stunden.

Grumbkow.

Keiner Furcht, Prinz, nur meinem Gewissen folge ich.
Daß Sie mir jetzt noch drohen, gewinnt mich für Sie.
Opfern Sie die Grundsätze Ihrer Freigeisterei und ich mache
die größten Anstrengungen zu Ihrer Rettung.

Friedrich
(gleichgültig und mit halber Stimme).

Der Freigeisterei! Ihr nennt denjenigen einen Freigeist,
der seinen Geist dazu gebraucht, wozu er ihm verliehen ist:
Zum Denken, Prüfen und Urtheilen!

Grumbkow.

Denjenigen, der die herrschenden Grundsätze über Himmel
und Erde hofmeistert mit vorlautem Sinne und vorlauter
Rede. Der Christ soll nicht in Zweifeln wühlen, der Unterthan soll nicht raisonniren.

Friedrich (schnell).

Jedermann soll raisonniren dürfen, aber Jedermann
soll daneben seine Schuldigkeit thun.

Grumbkow.

Es ist kein Regiment möglich über immerwährende
Rebellen —

Friedrich.

Und ich will nicht über Sklaven herrschen — das dünkt
mir unwürdig und langweilig.

(Kurze Pause.)

Grumbkow.

So ist's denn nicht möglich! Ihr Muth ist zu Eigen-
sinn versteinert; und so gehe das Unglück seinen Lauf. —

Ich kam übrigens, um Ihnen mitzutheilen, daß ich in Hoff=
nung auf Frieden den Wachen von Doris Ritter mildere
Ordre gegeben. Der Zugang hierher (er weist nach links oben
hinauf) ist geöffnet. Haben Sie einen Trost für das verlorene
Geschöpf, der Weg ist frei, und die Zeit eilt.

Friedrich.

O Dorothee! (er wendet sich nach der Mitteltreppe; ehe er sie er=
reicht begegnet ihm Eversmann, welcher schon bei den Worten „Ich kam
übrigens" oben von rechts eingetreten und die Treppe rechts herabgestiegen ist.)

Dritte Scene.

Eversmann. — Die Vorigen.

Friedrich
(am Fuße der Treppe stillstehend, sagt zu Eversmann).

's hat Jeder Recht! Nicht wahr, Barbier? (Steigt, ohne
auf Antwort zu warten, hinauf.)

Eversmann (unsicher).

Wenn man aufmerksam zuhören will — ja, königliche
Hoheit. (Nach vorn kommend) General Grumbkow!

Grumbkow (halblaut).

Was ist Euch denn, Ihr zittert ja!

Eversmann (desgleichen).

Ich bin sehr erschrocken — warum nennt mich denn der
Kronprinz Barbier? — ich bin zum Tode erschrocken über
unsern Herrn, den König.

Grumbkow.

Was ist?

Eversmann (halblaut).

Er hat sich in dieser Nacht so verändert, daß ich ihn
kaum wiedererkenne. Er ist blaß, statt roth, er schläft nicht,
er ißt nicht, er trinkt nicht, er spricht kein Wort, nicht ein=
mal ein Scheltwort, das er mir bis dato noch keinen
Morgen verweigert hat; General Grumbkow, unser Herr
muß nahe am Tode sein!

Grumbkow.

Ihr übertreibt —!

Eversmann.

Vor den aufgefangenen Briefen des Kronprinzen sitzt
er seit einer Stunde, ohne sie lesen zu können, er starrt in
die Luft wie ein Sterbender.

Grumbkow.

Ihr übertreibt!

Eversmann.

Nein, General, ich bin kein bloßer Barbier. Ich ver=
steh' mich auf die Gesundheit meines Herrn, wie der Laub=
frosch auf's Wetter: es ist ein anrückender Schlagfluß, der
König kann uns jeden Augenblick todt in die Arme fallen,
wenn dieser Spectakel und Aerger fortdauert und ihm eine
neue Alteration zu Kopfe treibt; machen Sie, wie Sie ver=
sprochen, um Gottes willen ein Ende!

Grumbkow.

Ich kann nicht. Der Kronprinz ist seines Vaters Sohn
in eigensinniger Willenskraft —

Eversmann.

Was soll denn aus uns werden, wenn er plötzlich
König würde?

11*

Grumbkow.

Futter für Pulver!

Eversmann.

Sie meinen Schießpulver? Darum nennt er mich schon „Barbier". — Und mein Herr! Mein armer Herr! Er könnte noch zwanzig Jahre leben, wenn er sich nicht ärgern wollte! Was sollen wir denn thun?! Es stirbt und verdirbt sich wohl mir nichts, dir nichts, wenn man zum Pack gehört und nichts zu verlieren hat, aber wahrhaftig nicht, wenn man König und Leibchirurg des Königs ist! Helfen Sie doch, General! Sie werden ja für Ihre Klugheit bezahlt!

Grumbkow.

Schickt die Königin und die Prinzeß hierher. Vielleicht erweichen sie den Prinzen. Der König wird nichts dagegen haben.

Eversmann.

Nichts. Er hat's schon erlaubt. Sie stiegen auch schon die Treppe herunter. Aber es taugt vielleicht auch nicht: die Königin schickt Boten auf Boten an die fremden Gesandten, und wenn die dem Könige in den Wurf kommen, so steigt ihm der Zorn in die Höhe und es rührt ihn der Schlag auf der Stelle.

Grumbkow.

Es ist Alles verloren für Freund und Feind, wenn der Prinz nicht zu erschüttern ist, sei's durch Güte, sei's durch Entsetzen — (zur Seite tretend und rückwärts hinaufsehend, wo der Prinz oben am Treppenplane, den Kopf auf's Geländer stützend, in schmerzlicher Bewegung geblieben ist). Da steht er noch! Er ist nicht eingetreten!

Die Sorge tritt ihm an's Herz, wie sehr er sich wehre — fort, Eversmann, zum Könige! (noch leiser, während dieser sich wendet) Und für Katte kein Aufschub. (Eversmann geht über die Treppe rechts ab.) Das Antlitz des Todes zerbreche den Prinzen, wenn alle milderen Mittel scheitern!

Vierte Scene.

Die Königin, gestützt auf Prinzeß Wilhelmine (beide schwarz gekleidet), treten von oben rechts ein, ehe Eversmann die Treppe betritt. — Die Vorigen.

Königin (stehen bleibend).

Mein Sohn!

Wilhelmine (zu ihm eilend).

Fritz!

Friedrich

(der mit dem Haupte nach der Thür links zu gelegen, richtet sich rasch auf).

O Wilhelmine! (die Arme ausstreckend nach der Thür links, ruft er in schmerzlicher Stärke) Ich kann ihr nicht helfen, und — ich kann ihr nichts sagen!

Wilhelmine.

Sie ist verloren, und Katte muß sterben! weil er — uns zugethan gewesen!

Königin.

Mein Sohn! Sieh' nicht rechts, noch links auf Neben= personen, fasse Deinen Geist und Deine Kraft zusammen für Dich!

(Er ergreift ihre Hand, sie stützt ihre rechte Hand auf seine Schulter, die linke auf die Schulter Wilhelminens, und steigt so die mittlere Treppe hinab. Inmitten der Treppe bleibt sie stehen.)

General Grumbkow, hab' ich recht durch Buddenbrock vernommen? Ihr wollt Eure Feindschaft gegen den Thron= erben nicht weiter treiben, Ihr wollt ihm beistehen gegen den unnatürlichen Zorn des Königs?

Grumbkow (ganz im Vordergrunde links).

Ich wollte es, königliche Frau —

Königin.

Ich vergeb' Euch Alles, General, was Ihr mir angethan, ich werde Euch danken, wie eine Königin, wie eine Mutter, wenn Ihr meinen Sohn rettet!

Grumbkow.

Ich wollte es, Majestät — der Kronprinz selbst macht mir's unmöglich.

Königin.

Mein Sohn! (rasch hinabsteigend zwischen ihren Kindern) Friedrich, was thust Du? Zweifelst Du denn an der Lebens= gefahr, in welcher Du bist?! Ich, Deine Mutter, sage Dir, das Schwert hängt ein Haarbreit über Deinem Haupte, und dieser Tag kann der letzte sein, den Du erblickst!

Wilhelmine.

Opfere Alles, Fritz, die Welt ist erbarmungslos! (zu seiner andern Seite eilend).

Königin.

So sprich doch, Friedrich, was verblendet Dich noch?!

Friedrich (fast leise).

Ich weiß es nicht zu sagen, Mutter. Ich sehe und er= kenne Alles, die ganze Gefahr für mich und die Meinigen;

die Namen Katte und Doris treffen mich wie Dolchstöße, ich leide furchtbare Schmerzen! Ich selbst hänge ja am Leben, ich bin ja jung, und all' meine Fibern verlangen Leben und drängen mich, Alles aufzubieten für Rettung —! aber, Mutter, Schwester, wie soll ich's beschreiben?! Dieser Drang kommt nicht zu Worte, es ist entsetzlich, ich spreche anders, als ich sprechen will! Hier (an die Brust unter dem Halse fassend), hier ist eine unüberwindliche Grenze, mein Kopf allein redet und richtet mich zu Grunde, mein Kopf kennt kein Erbarmen für mein Herz, kein Erbarmen für mein Leben.

Königin
(die in ängstlicher Spannung zugehört, angstvoll halblaut).

Ich verstehe Dich nicht, Sohn!

Wilhelmine (desgleichen).

Armer Bruder!

Grumbkow (für sich).

Ich glaube ihn zu verstehen.

Königin.

Fasse Dich, Friedrich, es ruht Alles auf Dir und Deinen Worten.

Friedrich.

Dann bin ich verloren. (Wilhelmine ergreift schmerzvoll seine Hand.) Denke Dir einen Wasserfall, Schwester, einen brausenden, tobenden Wasserfall. Dies sind meine Gedanken, meine Pläne, dies ist mein Geist. Ich aber, Dein armer leiblicher Bruder, ich stehe mit meiner machtlosen Persönlichkeit unter dem Ueberhange des Felsens, über welchen meine Fluth hinwegstürzt, ich stehe da, kläglich und frierend zusammengekauert, ich rufe, ich schreie umsonst, umsonst! Meine schwache Stimme wird vor dem Brausen meiner eigenen Fluthen nicht gehört, und ungehört, unverstanden muß Dein armer Bruder verschmachten und sterben. (Er lehnt erschöpft sein Haupt an ihre Schulter.)

Wilhelmine (leise).

Mit Dir will ich sterben!

Königin.

Mein Gott, wie soll das enden! Er spricht unklar!

Grumbkow (lebhaft).

Wenn ich ihn recht verstehe, so ist er zu retten! Sein Herz sucht endlich zu Worte zu kommen gegen den spöttischen Geist. Prinz, geben Sie dem Herzen nur drei Worte für Ihren König und Vater, sagen Sie nur: ich bin verleitet durch böse Bücher und böse Menschen! Wollen Sie, Prinz?

Friedrich (heftig).

Fragt mich nicht! Es ist mein Dämon, der aus mir antwortet!

Grumbkow.

Erwürgen Sie diesen Dämon, der Ihnen durch fremde und wilde Bücher aufgesäugt worden. Erinnern Sie sich, wie er entstanden ist in Ihnen, und mit der Klarheit und Einsicht wird Ihnen die Macht kommen, diesen Dämon zu tödten. Er ist das Franzosenthum in Ihnen, diese freche, fremde Welt, welche Ihren Geist aufgeregt und Ihr Herz ausgetrocknet hat. Wenden Sie sich zu uns, zu Ihren Landsleuten, zur deutschen Welt, zu dieser großen Familie des Vaterlandes, hier finden Sie das Herz, welches in Ihnen nicht mehr zu Worte kommt!

Friedrich.

O Gott, wie gern! Mit welcher Freude! Ich bin neugeboren, wenn Du mir deutsche Bücher geben kannst, aus denen unser Leben groß und veredelt mir entgegentritt!

Grumbkow.

Mein Prinz —

Friedrich.

Ich ahne wohl, daß es nichts Schöneres giebt, als in seiner Muttersprache große Gedanken in edler Form zu finden, und das verherrlicht zu sehen, was uns schon werth und theuer ist, weil die Unsrigen es erlebt und erfahren. Ich seh' es ja an dem Glück und Stolze der Franzosen. Eine vaterländische Literatur muß ein Glück sein, wie die Jugendliebe. Wer wird sich denn durch Fremde erzählen lassen von der Liebe, wenn er selbst lieben kann! Wo hast Du sie, wo giebt es diese deutschen Bücher, welche mir die ganze Seele erquicken und heilen werden, wo sind sie?

Grumbkow.

Mein Prinz!

Friedrich.

Sieh', armer Mann, sie sind nicht vorhanden, und der Durstige muß wohl den Brunnen in der Fremde suchen! Und dann scheltet Ihr, wenn ihm das fremde Wasser das Blut verändert. Scheltet, und scheltet blos, ja möchtet strafen, wie die Kinder eine Thürpfoste, welche keine Rede tragen will! Was thut Ihr denn, daß eine deutsche Literatur

entstehe? Fördert Ihr den Gedanken, daß er suche und
trachte? Im Gegentheil, Ihr seid Zeloten —

Wilhelmine.

O Friß!

Königin.

Mein Sohn!

Friedrich.

Uebt Ihr den Geschmack, daß er wachse und bilde? Im
Gegentheile, Ihr exercirt nur Soldaten. Vollbringt Ihr
große Thaten, daß sich Geist und Phantasie an ihnen ent=
zünde? Im Gegentheile, Ihr pfuscht umher in kleinen diplo=
matischen Intriguen, ja, Ihr zeigt nicht einmal den Muth
zu großen Plänen für das zerbröckelte deutsche Reich, —
und (stark) Ihr habt die Stirn, mich anzuklagen, daß ich für
die Bildung meines Geistes und unserer Zukunft anderswo
Hülfe suche?

Grumbkow (rückwärts hinaufsehend).

Der König!

Wilhelmine.

Friß! Friß!

Königin.

Unglücklicher, Du reizest ihn, statt zu versöhnen!

Friedrich (erschöpft).

Ja wohl, ich kann nicht wider meinen Geist (ungestüm
und stark) und kein Mensch soll's können!

Grumbkow.

Der König!

(Die Königin, Friedrich, Wilhelmine sind bei dem Ruf „der König" zur rechten Seite hinüber gewichen, nachdem sich die Königin und Wilhelmine erschreckt umgeblickt, wo der König sei. Jede hat Friedrich bei einer Hand genommen. Grumbkow ist zur äußersten Linken geblieben, so daß die ganze Mitte frei ist.)

(Der König, auf Eversmann's Schulter sich stützend, ist oben von rechts eingetreten bei den Worten „Wollen Sie, Prinz!" und bis zur Höhe der Mitteltreppe vorgeschritten.)

Fünfte Scene.

König. — Eversmann. — Die Vorigen. — Bald darauf Buddenbrock.

König

(der einen Augenblick oben an der Treppe stillgestanden, steigt herab, sich auf die Schulter Eversmann's stützend. Am Fuß der Treppe bleib er stehen und sagt).

Buddenbrock?

Eversmann

(hinaufdeutend, von wo sie gekommen, nicht ganz laut).

Er folgt uns auf dem Fuße, Majestät. (Den König nach dem Schemel geleitend, welchen Grumbkow links in den Vordergrund setzt und Grumbkow ein Zeichen machend, indem er leise sagt). Katte!

Grumbkow

(nachdem der König ablehnend angedeutet, er wolle keinen Sitz und Eversmann den Schemel beseitigt, halblaut zum Könige).

Majestät, es wäre eine unnütze Qual für Sie, wenn Sie den Abschied hier erlebten —

König.

Er hält mich wohl für schwach?

Grumbkow (immer halblaut).

Für angegriffen, Majestät. Ich würde es für ein Wun=
der und für ein trauriges Wunder betrachten, wenn Majestät
dies nicht wären. Darf ich befehlen, daß Nachricht hierher
gebracht werde, sobald Katte zum letzten Gange aufbricht —

König

(sieht ihn an, ohne etwas zu sagen).

Grumbkow.

Damit Majestät sich vor Eintritt der schmerzlichen
Scene von hier entfernen können?

König

(mit dem Haupte nickend, leise sprechend).

Ja.

(Auf einen Wink Grumbkow's geht Eversmann hinauf und rechts ab.)

König

(der sich auf seinen Stock lehnt, mit sanfterer Stimme, als in den früheren
Acten zur Königin).

Sie haben den Prinzen gesprochen, Madame, und so=
mit Ihrem Herzen und Ihrer Pflicht genügt. Lassen Sie
uns nicht eine Scene wiederholen, welche nichts zum Guten
ändern kann. Durch jeden Widerspruch wird die Zerstörung
unserer Familie nur gesteigert. (Verabschiedende Handbewegung.)

Königin.

Zur Versöhnung, mein König und Gemahl, lassen Sie
mich bleiben, lassen Sie mich sprechen.

König.

Hätten Sie dies früher gethan!

(Buddenbrock erscheint oben von rechts und bleibt an der Mitteltreppe
oben stehen.)

Grumbkow.
General Buddenbrock, Majestät!

König
(sich ein wenig nach ihm wendend und mit leichter Handbewegung winkend).
General Buddenbrock!

Buddenbrock
(steigt herab und bleibt in der Mitte einige Schritte hinter der Linie des König3).

König.
Die Sitzung ist erfolgt, wie ich befohlen?

Buddenbrock.
Wie Majestät befohlen.

König.
Sie ist zum Spruch gelangt?

Buddenbrock.
Sie ist zum Spruch gelangt.

König
(der ihn bei diesen Fragen nicht ansieht).
So lest den Spruch!

(Pause.)

Buddenbrock.
Er lautet heut' wie gestern.

König (zitternd auffahrend).
Was?

Grumbkow
(voller Besorgniß, als ob er den König vor Aufwallung schützen wollte).
Majestät! —

Buddenbrock.
Er lautet heut' wie gestern: der Kronprinz von Preußen
könne nicht gerichtet werden von uns.

(Pause. Freudige Bewegung bei der Königin und Wilhelmine.)

König (in sichtbarem innern Kampfe).

Grumbkow (wie vorhin).

Mein König!

König.

Er ist nicht dabei gewesen, Grumbkow!

Grumbkow.

Nein, Majestät.

König (streng).

Warum nicht?

Grumbkow.

Man hat mich parteiisch gescholten — ich habe unterdeß auf den angeklagten Prinzen versöhnlich zu wirken gesucht.

König (schnell).

Das ist frech von Ihm. Warte er Seines Amts und lasse anderswo Seinen Vorwitz. Er hat die Kohlen geblasen, bis die Flamme ausbrach. Jetzt will Er sie beschwören, statt zu löschen. Alte Weiber thun desgleichen. Beim Kriegsgerichte war Sein Platz, die Intention Seines Herrn und Königs zu vertreten. Vor Officieren zu vertreten, welche (halb zu Buddenbrock) über ihre Achselschnur nicht hinaussehn können. Ihr versteht nicht, daß ich Euch erhebe.

Buddenbrock.

Wir wollen nicht erhoben sein über die Häupter unserer Könige.

König (mit schwächerer Stimme).

Und Ihr versteht nicht, alter Mann, der mein braver Waffenbruder und Freund gewesen ist bis jetzt, Ihr versteht nicht, daß Ihr solcherweise die ganze schwere Last auf

meine Schultern wälzt, auf meine ohnedies zusammen=
brechenden Schultern — (weich) ist das ein Freundschafts=
dienst, Buddenbrock?

Buddenbrock.

Mein König!

König (immer schwach).

Denn wenn Ihr denkt, durch Eure Schwäche mich ab=
zubringen von dem, was ich für recht und nothwendig er=
kannt, so habt Ihr Euch in König Friedrich Wilhelm schwer
geirrt. Ich werd's vollenden, riß mich's in die Grube, und
werd's verantworten allein, da Alles mich verläßt, vor mir,
dem Vater, vor meinem und dem deutschen Reich, vor ganz
Europa und vor Gott — mein Sohn, der Oberstleutnant
Friedrich — hat das Leben verwirkt.

Königin.

Allmächtiger Gott!

Wilhelmine.

Barmherziger Himmel!

Friedrich.

Den Tod! Den Tod!

Buddenbrock.

Majestät!

Friedrich.

Den Tod!

(Kurze Pause.)

Buddenbrock
(vortretend und seine Uniform über der Brust aufreißend).

Majestät, wenn Sie Blut verlangen, so nehmen Sie

mein's; jenes bekommen Sie nicht, so lange ich noch sprechen darf!

(Kurze Pause allgemeinen Erstaunens — der König tritt einen Schritt weiter in den Vordergrund, nach rückwärts Buddenbrock betrachtend.)

Friedrich (in großer Rührung).

Ein Freund! Ein Freund in meiner höchsten Noth!

(Er stürzt zu Buddenbrock und umarmt ihn.)

Wilhelmine

(ebenfalls zu ihm eilend und an seine Brust sich drängend mit größter Rührung).

Gott lohn's Euch, Buddenbrock, in alle Wege!

Königin

(einen Schritt auf Buddenbrock zutretend, indem sie beide Arme gegen ihn erhebt, ebenfalls in großer Rührung).

Dies Wort wird Preußen nie vergessen, Buddenbrock!

(Kurze Pause. Alle sehen auf den König.)

König.

Liebt Er denn den Prinzen, Buddenbrock?

Buddenbrock.

Ich lieb' ihn, ja! Als meines Königs Sohn, als einen Mann von Geist und Kraft, als künftigen König dieses Reiches.

König

(das Haupt schüttelnd und ohne weitere Betonung sagend).

Nein. — Es überrascht mich — und nicht unangenehm — daß ein Mann wie Er so viel Theilnahme fühlt für diesen Prinzen, meinen Sohn. — Was Seine Rede selbst betrifft, so kennt Er mich wohl hinreichend, um zu wissen, daß ihre Worte eitel sind und nichtig. Was ich beschließe, ändert keine Drohung.

Königin

(sehr bewegt und weich und leise).

O mein Gemahl, nennen Sie nicht Drohung, was Ihre wackersten persönlichen Freunde Ihnen zurufen, was ich, Ihre treue Lebensgefährtin, Ihnen zurufen muß aus natür= licher Bedrängniß: Verfahren Sie nicht im Vorurtheile, verfahren Sie nicht unwiderruflich gegen Ihr eigenes Blut, gegen mein Kind, gegen einen Prinzen, den Ihr eigener Vater auf dem Sterbebette zum Erben dieses Reiches gesegnet hat, verfahren Sie nicht unwiderruflich! kein Mensch kann es loben, kein Fürst kann es billigen und Gott wird es strafen (ganz leise) an unsern übrigen Kindern, wenn nicht (noch leiser) an Ihnen selbst —

König.

Sophie!

Königin.

Wenn nicht an Ihnen selbst in dieser Welt, gewiß in jener. (Näher zu ihm tretend.)

König (bewegt, leise).

Das möge nicht gescheh'n —!

Eversmann

(ist von oben rechts erschienen, während der Worte der Königin: „Ver= fahren Sie nicht im Vorurtheil", ist leise herabgestiegen und nahe zu Grumbkow gekommen. Diesem sagt er jetzt rasch und leise).

Die Gesandten verlangen Zutritt!

Grumbkow

(macht eine ablehnende Bewegung und geht eilig und leise ab nach oben rechts).

Eversmann (folgt ihm ab).

König
(hiervon nichts bemerkend, fährt ununterbrochen in seiner Rede fort).

Das wird nicht gescheh'n, denn Gott sieht bis in alle Falten meines Gewissens, und er sieht, daß ich nicht meinen Sohn verstoße, sondern den gefährlichen Nachfolger auf meinem Throne.

Königin (steigernd).
Darauf beharrt mein Gemahl und Friedrich's Vater?

König.
Darauf muß ich beharren als König.

Königin
(mit großer, den König abweisender Bewegung einen Schritt zurücktretend).

Nun denn — so gehen Sie allein zum Grabe und zur Verantwortung vor Gottes Thron — ich trenne mich von Ihnen für diese und jene Welt!

(Sichtbarer, allgemein erschreckender Eindruck unter tiefem Schweigen, indem Alle einen Schritt zurücktreten.)

Königin
(nach augenblicklicher Pause mit tieferer, schwächerer Stimme hinzusetzend).

Wir sind hiermit geschieden.

König
(einen Schritt nach dem Publicum zurücktretend).

Sophie!

Wilhelmine.
{ Mutter!

Friedrich.
{ Mutter! Um Gotteswillen nicht!

König.
Sophie?!

Königin.

Sie sind kein Gatte, sind kein Vater Ihrer Familie. Unsere mit Kindern gesegnete Ehe eines Vierteljahrhunderts wird von Ihnen schnöde verläugnet — so sei sie zu Ende! und ich kehre als vorzeitige Witwe heim zu den Meinigen.

Wilhelmine.

{ Mutter?

Friedrich.

{ Meine Mutter!

König.

Mein Gott, das könntest Du?!

Königin.

Was ist's gegen Sie! Ihr Starrsinn gegen unsere Bitten, gegen unsern Sohn zwingt mich dazu.

Friedrich.

Das darf nicht gescheh'n! Vater, unserm Reiche sind wir's schuldig, solch ein Beispiel zu verhüten!

König.

Ja wohl, mein Sohn!

Königin.

Meine Tochter nehm' ich mit mir. Sie wenigstens will ich erretten, da ich meinen Sohn nicht retten kann. (Die Hand nach Wilhelminen ausstreckend und sich zum Gehen wendend.) So komm, mein Kind!

Friedrich.

{ Nein!

Wilhelmine.

{ Mutter! Mutter! (gegen den König voreilend) O mein Vater, wenden Sie von uns solche entsetzliche Spaltung

unserer Familie! Wen, was sollen wir denn lieben? Ich
liebe Sie, ich liebe meine Mutter, ich liebe meinen Bruder —
was soll aus meiner Seele werden, wenn die Liebe zu dem
Einen ein Vorwurf für den Andern ist?!

König.
Mein Kind!

Wilhelmine.

Wenn ich S i e verlaffen soll, j e t z t! Wenn ich meinen
Bruder verlaffen soll jetzt, da er in Lebensgefahr! (ihm zu
Füßen fallend) Verzeihen Sie Fritz, mein Vater, sonst gehen wir
Alle zu Grunde, verzeihen Sie meinem Bruder!

König.
Du liebst ihn, Kind?

Wilhelmine.
Mehr als mich selbst!

Friedrich (ihr näher tretend).
Meine Schwester!

Wilhelmine
(die ihm rückwärts hinauf die Hand zustreckt).

Wenn Fritz gescholten wird um eines kargen Herzens
willen, so trifft auch mich der Vorwurf. Wir können nicht
dafür, Vater! Aber wir lieben doch innig Vater und Mutter,
und was mir an schwärmerischer Empfindung verliehen
worden ist von der Natur, das gehört meinem Bruder.
Müßte er von der Erde scheiden, dann wär' auch mein Leben
zu Ende!

Friedrich.
Meine Wilhelmine!

König.

So liebst Du ihn?

Wilhelmine.

So lieb' ich ihn.

(Kurze Pause.)

König
(mit sichtbar aufwallender Empfindung).

Friedrich!

Friedrich
(mit lebhaftem Ausdruck erwartungsvollen Gefühls).

Mein Vater!

König.

Alle lieben Dich; hätte ich mich in Deiner Seele geirrt —

Friedrich (mit größter Wärme).

Ja, mein Vater —

Grumbkow
(oben rechts eintretend und die Thür hinter sich offen lassend, spricht von oben).

Majestät, die Gesandten der fremden Mächte bitten um Zutritt!

König (auffahrend).

Was? Wer?

Grumbkow.

Herr von Klinkowström, Gesandter des Königs von Schweden und Landgrafen von Hessen; Freiherr von Reede, Gesandter der holländischen Generalstaaten, und der Gesandte des Königs von Polen, Kurfürsten von Sachsen, Herr —

König (heftig).

Was wollen sie? Ist dies der Ort und die Stunde für solche Herren?

Grumbkow.

Sie bitten für Ort und Stunde um Entschuldigung.

Die drohende Gefahr Seiner königlichen Hoheit des Kron=
prinzen gestatte ihnen keine Zögerung —

König.

Was geht sie mein Sohn an?!

Grumbkow.

Sie wollen ein dringendes Fürwort einlegen für
denselben.

König

(immer heftiger werdend und quer hinüber gehend vor Wilhelmine ꝛc.,
welche dabei aufsteht und zurücktritt, trocken und hart).

Er läßt sich bedanken!

(Dabei macht der König eine abweisende Handbewegung hinauf zu
Grumbkow.)

Grumbkow.

Und wenn dies gegen Erwarten keine Beachtung fände,
so wollen sie im Namen ihrer Souveraine Einspruch erheben
gegen solche Behandlung eines rechtmäßigen Thronfolgers.

König (mit dem Stocke aufstoßend).

Einspruch!? Den sollen sie sich vergehen lassen! Ich
habe niemals geduldige Ohren dafür, und in dieser Sache
hab' ich gar keine. Dies ist eine Familienangelegenheit, in
welche kein Mensch, und sei er König des Erdkreises, ein
Wort zu reden hat.

Grumbkow (hinausblickend und zeigend).

Da kommt auch der Gesandte des Kaisers, Majestät,
Graf Seckendorf, eilenden Schrittes —

Friedrich.

Des Kaisers!

Buddenbrock.

Des Kaifers!

Wilhelmine.

Des Kaifers!

Königin.

Des Kaifers! Gott fei Dank!

König.

Gut Compliment an den Vertreter des Kaifers, den ich
lieb' und ehre, der König von Preußen aber fei heute nicht
bei Wege.

Grumbkow

(geht während der letzten Worte an die Thür und empfängt von außen ein
großes, offen gefaltetes Papier, mit welchem er fogleich herabtritt).

König (wieder nach links gehend).

Ich bin Herr in meinem Hause, und will's der ganzen
Welt beweifen, fo lange ein Athemzug in diefer gequälten
Bruft!

Wilhelmine (leife).

O Gott!

Königin (leife).

Auch dies zum Unglück!

Grumbkow

(der unterdeß mit dem geöffneten Papiere in der Hand wieder zur Rechten des
Königs vorgekommen ift).

Der Gefandte des Kaifers überreicht hiermit einen
schriftlichen Proteft im Namen feines Herrn.

König (heftig).

Proteft, mit welchem Rechte?!

Königin (leife, freudig).

Proteft? O endlich!

Friedrich.

Wilhelmine.

Buddenbrock.

Grumbkow.

{ Protest?!
{ Protest?!
{ Protest?!

Mit dem Rechte des deutschen Kaisers, welcher die Würdenträger des Reichs zu schützen und zu wahren habe in jeder ungebührlichen Fährlichkeit.

König (zitternd, kaum hörbar).

In welcher Fährlichkeit bin ich als Kurfürst von Brandenburg?

Grumbkow.

Nicht nur der Kurfürst, auch der Kurprinz von Brandenburg habe unmittelbaren Schutz des Kaisers zu gewärtigen.

König.

Dieser junge Mann ist nicht nur Kurprinz von Brandenburg, er ist Kronprinz von Preußen. Das ist mehr. Kein Kaiser und kein Reich hat drein zu reden, wenn ich meinem Sohne den Kopf abschlagen will. —

Königin.

Nimmermehr!

Friedrich.

Ja wohl!

Wilhelmine.

Vater!

Buddenbrock.

Majestät!

Grumbkow.

Majestät!

(schreiend)

König.

Ich bin König von Preußen und trage die Krone nur von Gott zu Lehen und übe Recht über Leben und Tod nach meines Herzens Gelüst und vor Gottes Antlitz allein.

(Kurze Pause. Alle sind erschreckt einen Schritt zurückgetreten.)

Königin (leise).

Entsetzlich! (laut und mit großer Entschlossenheit, indem sie Friedrich's Hand ergreift und ihn einen Schritt vorführt) Friedrich, mein Sohn, beharre darauf, daß Du Kurprinz von Brandenburg bist und sein wollest; Kaiser und Reich schützen Dich dann vor einem unmenschlichen Vater. — Sprich es aus! und gehe mit mir von hinnen, unter dem Schutze des Reichs —, sprich es aus, daß Du Kurprinz von Brandenburg!

(Pause.)
(Alle drängen in großer Spannung näher zu Friedrich.)

Friedrich.

Ich bin Kronprinz von Preußen und will als solcher sterben, wenn es gestorben sein muß!

Königin.

O mein Sohn!

Wilhelmine.

Fritz!

} (schmerzlich)

König (macht ihm unter Zeichen tiefen Eindrucks freudig zustimmende Zeichen).

Grumbkow
Buddenbrock } (treten mit eben solchen Zeichen näher).

Friedrich.

Gott dank' ich mein Leben und mein Erbe, und keinem Kaiser will ich's danken zum Nachtheil meines Rechtes.

Königin (in schmerzlicher Enttäuschung).

Friedrich!

Wilhelmine (fast bewundernd, leise).

Friedrich!

Buddenbrock (voller Bewunderung, leise).

Mein Prinz!

Grumbkow (erstaunt, leise).

Prinz!

König (in freudiger Aufregung).

Das sprach ein Mann! So ist es recht, mein Sohn, sei Deiner Väter würdig; auch im Unglück. (Einen Schritt auf F r i e d r i ch zutretend und die Anderen mit einer gebietenden Handbewegung einige Schritte zurückweisend.) Und nun sei Dir's wiederholt, was ich Dir gestern Abend angedeutet. Du bist und bleibst mein Sohn, und ich möchte von Herzen gern Dein Leben retten. Was Du gestern abgelehnt, ergreif' es heute — entsage der Krone!

Friedrich.

Vater!

König.

Ich kann sie Dir nicht überlassen, der Du ein Kalvinist bist und ein Deserteur. Die Kirche und die Ehre verbieten mir's, von allem Uebrigen zu schweigen. Sonst bist Du tüchtiger, als ich gedacht, und wenn ich erst die Zukunft meines Reichs gesichert weiß durch Deine Entsagung, so wirst Du mich billig finden gegen manche Deiner Neigungen und Wünsche, die ich am Erben meiner Krone züchtigen mußte. Sprich's also aus in diese Hand, daß Du verzichtest auf Dein Königsrecht der Erstgeburt.

Friedrich.

Vater! — Leben ist Wirken. Todt ist von selbst, wer
nichts vermag. Meine Geburt hat mir einen großen Wir=
kungskreis versprochen. Unwürdig meines Lebens wär' ich,
Vater, ich wäre feig, wenn ich mein Recht auf Ihre Krone
jemals verkaufen könnte.

König.

Was?

Friedrich (schnell und stark).

Niemals! Das Schicksal hat Scepter und Schwert
von Preußen in meine Wiege gelegt; die Mittel, eine Welt
von Grund aus zu bewegen, sie sind mein, und bleiben mein,
so lange ein Athemzug in meiner ebenfalls gequälten Brust!

König.

Du weigerst Dich?!

Königin.

Mein Sohn! Mein Sohn, verspiel' Dein Leben nicht!

Grumbkow
(zum König, den er vor so großer Aufregung bewahren möchte).

O mein König, Fassung!

König (der am ganzen Leibe zittert).

Du weigerst Dich?! Zum letzten Male sei gefragt —

Königin.

Entsage, Friedrich! Höre Deine Mutter!

Wilhelmine.

Entsage, Fritz! Entsage!

König.

Zum letzten Male: willst Du entsagen oder sterben?

Friedrich.

Lieber sterben.

König (auf der Höhe seines Zorns).

So — (die Kraft verläßt ihn und wie von physischer Macht einen
Schritt rückwärts gezogen, kann er nur mit ganz schwacher Stimme hinzusetzen)
stirb! —

(Todtenstille.)

(Man hört wie zu Anfange des Actes von fern den Wirbel auf gedämpften
Trommeln.)

Eversmann
(welcher bei den letzten Worten eingetreten ist, schreit auf).

Der König schwankt!

Grumbkow
(den König in seinen Armen aufhaltend).

Weh uns!

Buddenbrock
(zu gleichem Zwecke zuspringend).

Entsetzliche Stunde!

König
(der nicht vollständig ohnmächtig ist, macht eine abwehrende Bewegung).

Eversmann
(der eilig zur Linken vorkommt).

Man tödtet meinen Herrn! — (leise zu Grumbkow) Katte
bricht auf zum Tode!

Grumbkow (zum Könige).

Hinweg!

König
(welchen Grumbkow und Eversmann führen wollen, ermannt sich so weit, daß
er sich nicht führen läßt, sondern nur die Hände auf ihre Schultern legt und
so langsam abgeht bis gegen die Treppe).

Königin
(als er einige Schritte gethan, wie außer sich mit großer Bewegung der Arme
Wilhelmine und Friedrich nach rechts zurückdrängend. Sie streckt die
Arme nach dem Könige aus, als wolle sie sprechen).

Wilhelmine

(stürzt dem König nach, der einen Augenblick an der Treppe stehen bleibt ohne sich umzusehn).

Mein Vater!

(Alle, mit Ausnahme Friedrich's, der unbeweglich vor sich niedersieht, blicken in angstvoller Spannung nach dem Könige, und als dieser oben an der Treppe ankommend wieder stehen bleibt, sagt)

Buddenbrock (halblaut).

Jetzt —

Königin (mit größtem Pathos).

König von Preußen! Gedenken Sie Peter's des Großen und Philipp's des Zweiten! Sie vergingen sich an ihren Söhnen und starben dafür ohne Nachkommen und ihr Andenken ist den Menschen ein Gräuel. — Seien Sie barmherzig!

König

(hat sich bei den Worten: „ihr Andenken ist den Menschen" ein wenig gewendet, und nach dem Worte „barmherzig" hebt er seinen Stock und seine Augen zum Himmel und geht ab nach rechts).

Königin.
Oh!
Wilhelmine.
Oh!

(Mit diesem Schrei des Schmerzes stürzen sie einander in die Arme.)

(Pause.)

Dorothee

(gekleidet wie im ersten Acte. Tritt oben links aus der Thür und kommt langsam, ungesehen von der Königin, links die Treppe herab).

Königin (mit tiefer tonloser Stimme).

Gott allein sei barmherzig, sagt Dein Vater.

Buddenbrock (halblaut).

Er kann nicht sprechen; er ist selbst in Gefahr! Bleiben Sie an seiner Seite, Majestät. (Er tritt zu ihr.)

Königin

(stützt sich auf seine Schulter und indem sie sich zum Abgehen nach der Treppe wendet, sagt sie mit schwacher Stimme).

Wohl ist kein Mensch barmherzig. Selbst der Sohn hört nicht die Stimme seiner Mutter. Geiz nach Gewalt erfüllt allein sein Herz. Hinweg aus diesem Hause, wo Gott uns straft. (Sie steigt die Treppe hinauf mit Buddenbrock und geht rechts a b.)

Friedrich (kaum hörbar vor sich hin).

Gott überall! (Der dumpfe Trommelwirbel, etwas näher, ist wieder hörbar, nachdem Friedrich diese Worte gesprochen.)

Letzte Scene.

Friedrich. — Wilhelmine. — Dorothee. — Dann Katte mit Soldaten. Grumbkow. — Buddenbrock.

Wilhelmine

(welche allein die herabsteigende und eine Weile am Fuße der Treppe harrende Doris gesehen, ringt ihr die Hände entgegen, ohne zu ihr zu gehen. Sie wendet sich nach dieser Pantomime unter dem Ausdrucke tiefsten Leides zu Friedrich, halblaut).

O Fritz, da kommt noch Dorothee!

Friedrich (lebhaft betroffen).

Dorothee! (sich halb nach ihr umwendend) Du kommst mich mahnen an die Schuld des Herzens — arme Freundin! Ich habe nichts mehr als den Stolz, der Andern wehe thut und mich sterben läßt.

Doris.

Fürchten Sie nicht, daß ich gestern die edle Wallung Ihres Gefühls mißverstanden hätte! Ihre Wallung galt der Liebe, nicht mir —

Friedrich (einen Schritt auf sie zutretend).

Dorothee!

Doris.

Ich dank' es Ihnen nicht minder. Auch die Schale, welche den gefeierten Wein birgt, ist ja geweiht durch die Feier und man läßt sie nicht gern verunstalten — retten Sie mich vor Schimpf und Schmach, mein Prinz. —

Friedrich.

Retten! Ich!

Doris (ohne sich zu unterbrechen).

Retten Sie mich vor dem Pranger, vor dem Pöbel, der unsere Seelen beleidigt und meinen Vater in Verzweiflung stürzt.

Friedrich.

Retten!

Wilhelmine.

Er ist ja selbst verloren, Kind!

Doris.

Ich weiß — ich bitte auch nicht um gemeine Rettung — ich bitt' um eine Waffe, ich bitt' um Rettung — in den Tod mit ihm!

Wilhelmine.

Dorothee!

Friedrich.

Dorothee!

(Gruppe: Friedrich ergreift ihre Hand, und zwischen ihm und ihr steht wie segnend Wilhelmine.)

Friedrich (begeistert).

Ja, Dorothee! (nach rückwärts oben) O König einer schwung=
losen Welt, das magst Du wohl beneiden, wie meine Liebsten
sich zum Tode drängen mit mir, weil uns des Geistes
Odem im tiefsten Innern gemeinschaftlich drängt.

(Die Mittelthür und die Fenster werden geöffnet. Man hört von rechts hinten,
jetzt ganz nahe, den sich dreimal wiederholenden Trommelwirbel, auf gedämpf=
ter Trommel, wie es bei Begräbnissen Sitte ist, und gleichzeitig von links
hinten aus sehr weiter Entfernung den Choral: „Jesus meines Lebens
Leben“, wie im zweiten Acte von Trompeten geblasen. Links und rechts an
den Thürpfosten erscheinen mit dem Aufgehen der Mittelthür je zwei Grenadiere,
und Finkemann und Lerche, welche die Fenster aufgestoßen, treten durch
die Mittelthür ein vor die Grenadiere ans Geländer der Treppen. Außen
hinter den Fenstern und der Thür sieht man von unten Bayonnete hervor=
ragen, sonst aber weiter nichts, weil der Executionsplatz hinten mindestens
ebenso tief zu denken ist, als der Boden des Zimmers.)

Friedrich
(unmittelbar nach dem ersten Trommelwirbel und dem Beginn des Chorals).

Was ist das?

Wilhelmine (leise).

Katte!

Friedrich (schreiend).

Katte!

Wilhelmine.

Vor Deinen Augen muß er zum Tode.

Friedrich.

Heerschaaren des Himmels, das darf nicht sein!

(Grumbkow und Buddenbrock treten oben von rechts ein; Grumbkow
bleibt oben; Buddenbrock steigt rechts herab. Der Officier, aus dem
dritten Acte, erscheint rechts oben hinter dem Fenster und winkt mit blankem
Degen nach rückwärts hinab. Dorthin, nach der linken Seite im nicht sicht=
baren Hintergrunde, wendet sich jetzt der Klang der Trommeln, auf welchen

in ganz kurzen Pausen die drei Schläge und dazwischen der ganze kurze Wir=
bel geschlagen werden.) Grumbkow, Buddenbrock, führt mich zum
Könige, das darf nicht geschehen!

Buddenbrock.

Der König liegt darnieder, und Niemand darf zu ihm.
So hat er mit brechender Stimme geboten. Katte ist nicht
zu retten, und Sie sind's nur, wenn er verschwunden ist.
(In diesem Augenblicke wird hinten Alles still.)

Friedrich.

Katte! (Er eilt die Stufen hinauf; als er oben ist, hört man)

Katte
(unsichtbar, links unten aus dem Hintergrunde).

Ade, mein Prinz!

Friedrich.

Katte, vergieb mir!

Katte (ebenso).

Gott vergebe mir! Und möge mein Tod den Frieden
bringen, welchen ich Unseliger zerstört.
(Auf ein Zeichen des Officiers, welcher sich vorher immer nach Grumbkow
umsieht und von diesem durch Zeichen Bestätigung erhält, einmaliger
Trommelschlag.)

Friedrich (nach der Thür eilend).

Haltet ein! (umkehrend und bis ans Geländer zurückkommend)
Buddenbrock, zum Könige! Bringt ihm meine Krone, die
er verlangt, ich geb' sie hin mit Freuden für eines Menschen
Leben! Eilt!

Grumbkow und Buddenbrock.

Es ist zu spät.

Friedrich (zu Beiden).

Nein! Hinweg!

Buddenbrock (rasch zu Grumbkow hinauf).

Laßt die Thüren schließen!

Grumbkow
(macht eine streng verneinende Geberde).

Nein!

Friedrich
(ohne auf sie zu hören ist hinausgeeilt).

In Eures Königs Namen halt! (Der Officier,
auf Grumbkow's Zeichen, winkt mit dem Degen. Kurzer und stärkster
allgemeiner Trommelwirbel, gegen dessen Schluß Friedrich, der hinabblickt,
die Hand jäh hinausstreckt, zornig rufend:) **Weh Euch!** —

(Ganz kurze Pause.)

(Grumbkow, der durch's Fenster hinabsieht, nimmt den Hut ab, Buddenbrock desgleichen. Gleichzeitig präsentiren alle Soldaten auf ein Zeichen des Officiers.)

Grumbkow (spricht rasch).

Er steht vor Gott!

Wilhelmine
(welche links im Vordergrunde Hand in Hand mit Doris gestanden, sinkt Doris in die Arme).

Friedrich
(von den Stufen herab, mit einer Ohnmacht kämpfend, dem ihm entgegeneilenden Buddenbrock entgegentaumelnd).

Buddenbrock
(wirft seinen Hut auf die Erde, um die Arme frei zu haben, und ruft zornig zu Grumbkow hinauf, noch ehe er Friedrich in den Armen hat).

Ihr tödtet den Prinzen!

Grumbkow.

Unsere Herrscher müssen dem Tode ins Auge sehen können.

Friedrich
(in Buddenbrock's Armen, kaum hörbar).

Vor Gott!

Buddenbrock.

Zittert vor der Rechenschaft, die dieser (Friedrich) Herrscher und die Nachwelt von Euch fordern wird.

(Der Vorhang fällt.)

Fünfter Act.

Ein lichter, tiefer Saal.

An der vierten Coulisse links und rechts ein Säulenpfeiler, von welchem aus ein metallenes Gitter links und rechts bis in den vierten Theil der Bühnenbreite sich hereinzieht und dort links und rechts an eine Säule anschließt. Das Gitter reicht bis an die Decke. Der Raum zwischen diesen Säulen in der Mitte, also die halbe Breite der Bühne, ist offen. Hier hindurch und durch das weitmaschige Gitter zwischen den Säulen sieht man in den hintern Theil des Saales. Dieser hintere Theil hat gar keine Möbel und gestattet freien Ab= und Zugang links und rechts. Der Hintergrund hat drei Fenster, welche bis auf den Fußboden reichen und offen stehen. Die Aussicht zeigt in der Ferne hohe Baumgruppen und ein Sommerpalais (Monbijou).

Der vordere Theil des Saales hat links und rechts an dem Säulenpfeiler von der Decke bis auf den Boden Portièren von rothem Stoff und ist wohnlich, aber einfach ausgestattet.

Links ein großer offener Schreibtisch, mit Papieren bedeckt, dahinter ein hoher Lehnstuhl, beide geradeein gegen das Publicum gestellt, so daß der König, welcher auf dem Lehnstuhl sitzt, en face vor dem Publicum ist.

Der Degen des Prinzen Friedrich (aus dem dritten Acte) liegt auf dem offenen Schreibtische.

————

Erste Scene.

Der König. — Eversmann. — Feldprediger Müller. — Page Kaff. —
Grumbkow.

(Man hört aus weiter Ferne Glockengeläut.)

Eversmann

(steht links neben dem Lehnstuhle, in welchem der König schlafend sitzt, einen
Fußschemel und Wildfelle unter den Füßen, und betrachtet aufmerksam die
Züge des Königs).

Müller und Page Kaff

(stehen im hintern Theile am offenen Fenster links und treten bis ans
Mittelfenster vor, als Grumbkow hinten von rechts eintritt. Sie winken
ihm abwehrend und auf den König deutend, da er lauten Schrittes gegen die
Mitte vorschreiten will).

Grumbkow

(bleibt einen Augenblick stehen, weist aber mit einer ablehnenden Armbewegung
ihre Einwendung zurück und tritt etwas langsamer und leise in den vorderen
Theil, die rechte Seite der Bühne haltend und bis ganz in den Vordergrund
vorschreitend, trotz dem abwehrenden Winken Eversmann's).

Eversmann

(ungeduldig, daß sein Winken nicht beachtet wird, kommt, leise auftretend,
hinter dem Stuhle des Königs hinweggehend, zu Grumbkow rechts in den
Vordergrund und sagt leise).

Der König hat Euch nicht rufen lassen, Herr Minister!

(Die ganze Scene wird leise gesprochen.)

Grumbkow.

Hat er sonst Jemand rufen lassen?

Eversmann.

O ja. Aber Niemand bringt herein, bis er erwacht ist

und sprechen kann und will. Dieser Schlummer ist ein Geschenk Gottes, welches ihn vielleicht rettet.

Grumbkow.

Vielleicht?

Eversmann.

Vielleicht. Ihr habt die Sache sehr schlecht geführt, Herr Minister! Er stürzte vorhin zusammen an seinem Stuhle, und brach in ein Weinen und Schluchzen aus, daß mir die Haare zu Berge standen. (Sich die Augen trocknend.) Das ruinirt auch mich! Ich habe meinen Herrn in meinem Leben nicht weinen hören.

Grumbkow.

Nun?

Eversmann.

Ihr seid schuld an dem Allen, Herr General!

Grumbkow.

Ich habe auf Befehl des Königs und habe recht gehandelt.

Eversmann.

Ach, es hat Jeder Recht! Darauf kommt's nicht an, sondern auf den Ausgang der Dinge.

Grumbkow
(verächtlich ablehnende Bewegung).

Was geschah weiter?

Eversmann.

Der Feldprediger Müller half. Er sprach ihm so gut vom Kronprinzen, daß dem Könige zusehends leichter wurde,

und er bewies ihm auch — was Ihr, Herr, doch wahr=
haftig eben so gut hättet wissen können — daß der Kron=
prinz gar kein Kalvinist sei —

Grumbkow.

So?

Eversmann

(ohne sich zu unterbrechen, sich nach dem Könige umsehend).

Das erquickte meinen armen Herrn mehr als Eure
Rathschläge, Herr von Grumbkow, und nun ließ er sich vom
Feldprediger helfen bei der Durchsicht der aufgefangenen
Papiere, weil ihm die Hände zitterten und die Augen flimmer=
ten; und unter diesen Papieren fand der Müller eins, das
wirkte wie Zauberei. Mein armer Herr schrie auf, daß ich
erschrak. Aber es war gut. Er faltete die Hände, und sagte
leise: man solle den Buddenbrock rufen und den Fritz selber.
Und wenn der Fritz das Alles bestätigen könne —

Grumbkow.

Das kann er nicht!

Eversmann.

Was?

Grumbkow.

Das kann er nicht!

Eversmann (lauter).

Ihr versteht nichts, Herr, und der König hat Euch nicht
gerufen. Mengt Euch nicht wieder hinein und (mit Pantomime)
entfernt Euch!

Grumbkow (laut).

Dreister Diener! —

Eversmann

(der nach dem sich bewegenden Könige gesehen, mit ebenfalls lauterer Stimme).

Still! (Er macht Grumbkow eine heftige Bewegung, zurückzutreten, und beide gehen vorsichtig nach rückwärts, Eversmann nach dem Stuhle des Königs zu.)

König

(schlägt die Augen auf, ohne anderswohin als geradeaus zu sehen).

Eversmann!

Eversmann.

Majestät.

König.

Was ist?

Eversmann.

General Grumbkow hat sich ohne Erlaubniß hereingedrängt.

König

(mit tiefer Stimme, schwach sprechend wie alles Folgende).

Ist ein Störenfried — der seiner Stunde warten soll. — — Was läuten die Glocken?

Eversmann (nach einigem Zögern).

Feldmarschall Wartensleben läßt sie läuten für seinen Enkelsohn.

König

(sieht sich während alle dem nicht um, und nimmt jetzt das Papier von Doris aus dem ersten, zweiten und dritten Acte, welches aufgeschlagen vor ihm auf dem Tische liegt, und sieht hinein).

's ist gut. — (liest halblaut) „Glaubensbekenntniß des Kronprinzen, (leiser) wie er's in Potsdam dictirt" — — Ist Müller noch da?

Eversmann.

Zu Befehl, Majestät.

König.

Und Buddenbrock!

Eversmann.

Ist bestellt worden; er ist bei der Frau Königin, (nach rechts auf die Vorhangsthür sehend) welche im Silberzimmer packen läßt.

König.

Nein! — Ruf' ihn.

Eversmann (dem Pagen winkend).

General Buddenbrock!
(Page geht hinten rechts ab.)

Grumbkow.

Majestät!

König
(macht ohne sich umzusehen ein Zeichen mit der Hand, daß sie sich zurück=
ziehen sollen).

Fort!

Grumbkow (ganz leise für sich).

Herrengunst, welch eitler Dunst! (Zieht sich in den hintern Theil zurück.)

Eversmann.

Majestät werden sich keine neue Aufregung zumuthen? —

König.

Fort zur Königin! Ich ließe sie bitten, nichts zu über=
eilen, sondern hierher zu kommen; es könnte Alles gut
werden. (Eversmann rechts ab durch den Vorhang.)

König (liest wieder für sich).

„Ich bin nicht mehr Kalvinist. Ich verwerfe diese Lehre

ebenſo, wie ſie mein Vater verwirft." — Mein Gott, ich
danke Dir! —

(Buddenbrock tritt rechts aus der Vorhangsthür, der Page gleichzeitig
wieder hinten.)

Zweite Scene.

Buddenbrock. — Die Vorigen.

König (ohne ſich umzuwenden).

Buddenbrock?

Buddenbrock.

Zu Befehl, mein König.

König.

Tritt zu mir, Buddenbrock. (Buddenbrock kommt näher.)
Wie benahm ſich der Prinz beim Abſchiede? (da Buddenbrock
zögert) Nun?

Buddenbrock.

Wie ein liebevoller Menſch.

König.

Das heißt?

Buddenbrock.

So menſchlich liebevoll, wie er ſich heute Nacht zeigte,
als dem Katte das Leben abgeſprochen wurde. So lange
es ſich um ihn allein handelte, um ſeine Rechte und ſeine
Gefahr, da war er hart wie ein eiſerner Ritter; ſobald es
aber den Mitmenſchen betraf, der für ihn bluten ſollte, da
war er weich und hingebend wie ein Kind.

König.

Und das gefällt Ihm?

Buddenbrock.

Ganz und gar. Wer seine Mitmenschen liebt, ist zum Herrscher berufen. Das Erbrecht auf Ihre Krone, welches er soeben hartnäckig behauptet hatte, er warf es mir zu, und ich sollte es Eurer Majestät schleunigst bringen für die Begnadigung Katte's; es war zu spät.

König.

Ist das nicht Schwäche?

Buddenbrock.

Die Schwäche der Größe. Gott erhalte sie den Fürsten.

König.

Und Er zweifelt daneben nicht an dem Muthe und der Tapferkeit Friedrichs?

Buddenbrock.

Oh! — Freudenzähren sind mir in den Bart gelaufen, als er Kronprinz von Preußen sein wollte, wenn's auch das Leben koste!

König (mit dem Kopfe vor sich nickend)

Buddenbrock.

Ein Hohenzoller in jedem Odemzuge.

König (ganz leise vor sich hin).

Das war kreuzbrav.

Buddenbrock.

Aus solchem Stoffe macht man Degen, welche die Welt erobern.

König.

Er ist sehr eingenommen für den Prinzen.

Buddenbrock.

Das bin ich, und ich danke meinem Schöpfer, daß ich
es sein kann mit so gutem Fuge.

(Pause.)

König.

Buddenbrock, Er weiß, wie viel ich auf Ihn halte. Er
ist ein Muster in meiner Armee. Wenn sich Einer auf
braves und ehrenvolles Soldatenthum versteht, so ist Er
es — mach' Er sich einen Augenblick frei von Seiner
curiosen Vorliebe für den Kronprinzen und faß' Er einmal
als unparteiischer Soldat nur den Oberstleutnant Friedrich
ins Auge, wie wir ihn seit Jahren vor uns sehen, als einen
schlecht exercirenden, leichtsinnigen Officier, wie wir ihn
heute Nacht befunden haben als einen Deserteur —

Buddenbrock
(macht eine verneinende Bewegung mit der Hand).

König.

Hört Er?

Buddenbrock.

Ich höre.

König.

Getraut Er sich zu: als loyaler Kriegsmann und als
gewissenhafter Freund Seines Königs ein wahrhaftiges und
unparteiisches Urtheil zu fällen über den Oberstleutnant
Friedrich?

Buddenbrock.

Das getrau ich mir zu.

König.

Ein Urtheil, welches bestehen kann vor dem Officiercorps
meiner ganzen Armee?

Buddenbrock.

Ja, Majestät.

König.

Nach reiflicher Ueberlegung?

Buddenbrock.

Es bedarf keiner Ueberlegung; ich bin nie eine Minute lang zweifelhaft gewesen.

König (sich lebhaft nach ihm umsehend).

Wahrhaftig!? — — (halb für sich) Wäre ich wirklich als Vater zu streng im Urtheil gewesen? — Nicht doch! (halb zu Buddenbrock) Nun, die Aussicht auf Besserung soll einem gequälten Vater willkommen sein. (ganz zu Buddenbrock) Der Weg ist glücklich angebahnt: Buddenbrock, der Kronprinz ist, Gott sei's gedankt! kein Kalvinist. Ist sein übriges Verhalten mit der Ehre in Einklang zu bringen, dann — wäre in der Zukunft eine Aussöhnung möglich.

Buddenbrock
(schüttelt das Haupt und sagt leise vor sich hin).

Nein.

König
(sieht ihn erstaunt an, pausirt einen Augenblick, fährt aber in seinem vorigen Stimmtone fort).

So sprech' Er Sein Gutachten aus, General Buddenbrock: hat der Oberstleutnant Friedrich seine Ehre eingebüßt durch die versuchte Desertion? — Sprech' Er nicht schnell!

Buddenbrock.

Majestät! Da unten (nach hinten deutend) im Lustgarten exercirt das Golzsche Regiment. Die Officiere sahen mich, als ich heraufstieg, und sie stürzten sämmtlich auf mich zu.

Was wollten sie? für den Kronprinzen petitioniren? Nein.
Sie wissen alle, das ganze Heer in der Umgegend weiß,
was vorgegangen ist, wessen der Prinz angeklagt ist. Was
wollten die Officiere vom Regimente Golz? Für sich bitten
sie um eine Auszeichnung, sie bitten den König, daß er
den Prinzen Friedrich — zum Chef ihres Regiments mache!

König
(fährt in freudigem Erstaunen vom Sitze auf).

Buddenbrock.

So denkt die Armee über eine vermeintliche Desertion,
und dies ist meine Antwort auf die Frage: ob der Oberstleutnant Friedrich seine Ehre eingebüßt.

König
(die Hände faltend und wieder in den Sessel sinkend).

Das freut mich sehr. (schwach) Laßt ihn rufen!

Buddenbrock
(sich rückwärts wendend mit starker Stimme).

Des Kronprinzen königliche Hoheit!

(Grumbkow winkt dem Pagen und geht mit ihm bis an die Seite
rechts, wo der Page abgeht. Müller nähert sich ebenfalls nach rechts, mit
dem Ausdrucke der Freude.)

König.

Himmlischer Vater, wenn ich's erleben dürfte, in dem
verloren gegebenen Sohne noch einen braven Kronprinzen
zu erziehn.

Buddenbrock.

Brav war er stets, mein König. Ich weiß jetzt auch,
daß er in dem Handel mit England Ihre Politik vertreten
hat, Ihre Politik, Majestät!

König.

Wie das?

Buddenbrock.

Er hat die Unterschrift verweigert, weil man Bedingun=
gen gestellt. Zum Beispiel die Entlassung Grumbkow's.
Er hat erklärt, daß er in allen Staatsfragen niemals etwas
hinter dem Rücken seines Königs eingehn oder unternehmen
werde.

König.

Das hat der Fritz erklärt?! — — Woher weißt Du's?

Buddenbrock.

Von ihm selbst.

König (zweifelnd).

Oh!

Buddenbrock.

Majestät, er verschweigt, aber er lügt niemals.

König.

Das ist wahr.

Buddenbrock.

Und ich weiß es auch von der Frau Königin.

König.

Mein Gott, wie freut mich das! O, alter Freund, wie
thut das wohl, solch eine Last vom Herzen zu haben, die
Seinigen sich wieder nah' zu wissen, den verlornen Sohn —
vielleicht wieder zu gewinnen.

Buddenbrock (traurig).

Das ist vorbei.

König.

Was?

Buddenbrock (noch leiser).

Das ist vorbei.

König.

Er schüttelte schon vorhin den Kopf — was ist vorbei?

Buddenbrock.

Mein König hat seinen ältesten Sohn verloren.

König.

Er verspricht sich wohl, General? (stark) Ich bin der Herr. (heftig) So red' Er!

Buddenbrock.

Des Menschen Herz, mein König, vergleicht sich wohl mit einer Degenklinge — ich bin ein Soldat und suche mir eben nur mit dem, was mir zunächst liegt, meine Gedanken vorzustellen. Heut' Nacht und diesen Morgen ist mir denn solch eine Degenklinge in den Sinn und nicht mehr aus dem Sinne gekommen. Man kann viel treiben und probiren mit einer guten Klinge. Man haut auf Eisen und Stein, und sie kriegt Scharten, die sich wieder ausschleifen lassen. Man probirt sie durch Biegen nach links und nach rechts, und die gute Klinge hält's aus. Aber man muß bei einer ge= wissen Grenze einhalten, 's ist eben nur eine Klinge, man darf sie nicht mißhandeln, sonst springt sie entzwei, und kein Schmied auf Erden schweißt sie wieder zur guten Klinge zusammen.

(Er tritt einen Schritt zur Seite, nachdem er die letzten Worte mit tiefer Ueberzeugung gesprochen.)

König (nach kurzer Pause).

Nun — ?

Buddenbrock.

Majestät, der Kronprinz fiel fast besinnungslos in meine Arme, als er Katte's Kopf fallen gesehn.

König.

Gesehn?!

Buddenbrock.

Ich glaube, da sprang eine gute Degenklinge, das Herz eines Sohnes, entzwei. (schwächer) Er erholte sich in meinen Armen und war furchtbar verändert — (noch schwächer) ich fürchte, Eure Majestät haben jetzt Ihren Sohn verloren.

(Pause.)

(Gleich nach den letzten Worten kommt hastig der Page von rechts hinten und scheint sich wie in Verzweiflung an Müller zu wenden. Gleich darauf tritt Prinz Friedrich ein und geht langsam auf den Eingang durch die Mitte zu. Als er diesen Eingang erreicht, stürzt der Page, sichtlich durch Müller aufgemuntert, vor, und fällt ihm zu Füßen, mimisch Vergebung erflehend.)

Dritte Scene.

Friedrich. — Die Vorigen.

Friedrich
(sehr ernst und düster in dieser Scene, halblaut).

Sieh' zu, Knabe, ob Du Denen (auf Grumbkow zeigend) vergeben kannst, welche die Jugend zur Verrätherei anleiten. — Um Deines Bruders willen vergeb' ich Dir. (Er tritt noch einige Schritte hereinwärts und bleibt dann stehn. Der Page erhebt sich und wendet sich dankend zu Müller.)

König
(der in schmerzliches Nachdenken versunken von diesem Eintritt keine Notiz genommen, spricht vor sich hin).

Sie wollen mich ins Unrecht setzen. Mich! — Das wär' noch schrecklicher. Wenn der Herr ins Unrecht geräth, so muß er untergehn oder Alles zerstören, was zeugen könnte gegen ihn.

Buddenbrock.

Des Kronprinzen königliche Hoheit, Majestät.

Friedrich (nimmt den Hut ab).

König
(sich haftig umwendend und sich ein Wenig erhebend).

Mein Sohn! — (wieder in den Sessel sinkend) tritt näher. (Betrachtet ihn von der Seite und sagt leise für sich:) Wie ist der Jüngling gealtert! — (laut) Mein Sohn — unser Unglück hat eine unerwartete Wendung genommen: ich habe Deine Papiere gelesen, ich habe den Müller gesprochen, ich habe — Deinen Freund, den Buddenbrock, eben angehört. Benütze die unerwartete Wendung. Nimm Deinen ganzen Geist zusammen. Es wird Alles davon abhängen, ob Du nicht in ein neues Extrem verfällst, (hart) ich vertrage keins. Verstehst Du mich?

Friedrich.

Nein, Majestät.

(Kurze Pause.)

König.

Du hast wohl Recht. Ich bin im Augenblick selbst verworren — durch den Buddenbrock. Ich bin sehr matt. Aber vergiß niemals, daß auch aus meiner unsichern, zitternden Hand der ausgehobene Streich Dich plötzlich treffen kann.

Friedrich.

Wer nichts zu verlieren hat, der hat nichts zu fürchten, auch nicht das letzte rohe Mittel der Gewalt, den Tod.

König (streng).

Mein Sohn!

Friedrich.

Majestät!

König.

— — Vernichte nicht selbst wieder Deinen Vortheil! Erinnere Dich, daß ich Dein Vater bin —

Friedrich
(macht eine Bitterkeit verrathende Bewegung zum Himmel mit Arm und Haupt und sagt dabei kaum hörbar).

Katte!

König.

Schlag' an Deine Brust, ein Ton aus ihr kann Dich erretten.

Friedrich.

Auf dieser Brust haben Eure Majestät Eisen geschmiedet, der Ton von Eisen, den sie wiedergiebt, kann Eure Majestät nicht wundern.

König (hastig aufstehend).

Nun denn!

(Müller ist während des Vorigen links leise eingetreten und kommt jetzt näher zum Könige. Buddenbrock ist eben so hinter den Prinzen getreten. Grumbkow ist hinten rechts eingetreten und steht am Gitter.)

Müller (leise zum König).

Majestät! Selig sind die Friedfertigen, denn sie werden Gottes Kinder heißen.

Buddenbrock (leise zum Prinzen).

Mein Prinz.

König (Müller die Hand drückend).

Er hat Recht; Gottes Wort soll bestehn. (Stützt sich stehend an den Sessel.) Mein Sohn! Hilf mir, daß wir dem Ab=

14 *

grunde aus dem Wege gehen, er verschlingt uns Beide. Dieser Mann Gottes (Müller) rettet uns. Er hat mir wieder= erzählt — daß Du kein Kalvinist bist.

Friedrich (nach kurzer Pause).

Dazu hat er kein Recht gehabt.

Buddenbrock (leise und schnell).

O mein Prinz! Sie vergessen die Ihrigen.

Friedrich
(macht eine Bewegung gegen Buddenbrock, welche ausdrückt, daß er diesen Vor= wurf empfinde und beklage).

König.

Was ist das?

Müller.

Der Kronprinz hat nicht gewollt, daß ich Dies Eurer Majestät mittheile.

Friedrich.

Ich habe Ihm vorausgesagt, Müller, daß ich solche Mittheilung an den König Lügen strafen würde — ich strafe Sie Lügen.

(Kurze Pause.)

König (mit furchtbarer Gewalt).

Du bist Kalvinist!?

Friedrich (schweigt).

Müller.

Nein, Majestät, nein!

König.

Nein, nein. (Nach dem Blatte von Doris greifend.) Da steht's ja geschrieben in Deinen Papieren, Du bist keiner. Was ereifre ich mich! So wiederhole doch mündlich (ihm das Blatt

reichend) vor Deinem Vater, was da geschrieben steht und was
Du dictirt hast.

Buddenbrock.

Sagen Sie Ja, mein Prinz, wenn Sie irgend können,
sonst gehn Sie und der König zu Grunde.

Friedrich

(betroffen von dieser Bemerkung einen Augenblick zögernd, dann das Blatt dem
gespannt harrenden Könige zurückgebend, laut und fest).

Ich habe Dies nicht dictirt.

König.

Unglücklicher! (Das Blatt entfällt seiner Hand.)

Friedrich.

Die gemißhandelte Doris Ritter hat es nach ihres Vaters
Angabe geschrieben.

König (ganz leise in tiefer Bewegung).

Holt sie! (Buddenbrock macht an Grumbkow die Bestellung, dieser an
den Pagen, welcher hinten rechts abgeht.)

Müller

(leise zum Könige, nachdem er das Blatt aufgehoben).

Diese Worte enthalten wörtlich des Prinzen Ansicht,
ein unseliges Vorurtheil nur verschließt ihm die Lippen zum
Eingeständniß.

König.

Fritz! — Du handelst unrecht gegen Deinen Vater,
weil dieser nach Pflicht und Gewissen hart verfahren mußte,
besinne Dich um Gotteswillen zeitig genug und rede auf=
richtig! Fritz, ich ahne es jetzt, es liegt nichts mehr zwischen
uns, als eine — Dornenhecke starren Sinnes. —

Friedrich (halblaut).

Eines Jünglings Leiche, vor meine Füße geworfen, liegt zwischen uns.

König (leise und schnell).

Dann wehe uns!

Friedrich.

Und ein Princip liegt zwischen uns, für welches ich mein Leben lasse: den Glauben will ich frei, und wo ich herrsche, geb' ich ihn frei. Meine Religion ist mein Herz: das gehört Niemand, als wem ich's schenken will.

König
(der nicht darauf gehört zu haben scheint, nach kurzer Pause vor sich hin).

Eines Jünglings Leiche! Buddenbrock hat Recht, es ist vorbei. (Faßt sich gewaltsam.) Er oder ich!

Müller (leise zum König).

Richtet nicht, so werdet Ihr nicht gerichtet, spricht der Herr.

König (rasch und ungeduldig).

Mann Gottes, ich bin ein Mensch, der ans Herrschen gewöhnt ist und dies Hin= und Herschwanken nicht vertragen kann. Den Kalvinismus will mein Sohn nicht verläugnen, die Freigeisterei will er zum Gesetz erheben, wie kann ein Mann der Kirche ihm das Wort reden?! Kann ich als Fürst des Landes gewissenhaft anders beschließen, als ich beschlossen habe, daß solch ein Prinz nicht nach mir regieren kann, solch ein Prinz, der doch ein Franzos ist außen und innen?!

Friedrich
(sehr schnell und heftig einfallend mit innerer Kraft und Bitterkeit, durchweg nur mit halber Stimme).

Franzos und immer Franzos! Weil ich fremde Bildung

werth halte neben heimathlicher Roheit, weil ich Bildungs=
mittel suche für eine Roheit, die Ihr verewigen wollt! Für=
wahr, die Deutschen, die seit fünfzig Jahren leben und
regieren, sind angethan mich so zu schelten! Die Deutschen,
die sich Straßburg rauben ließen, und die dem Räuber goldne
Brücken bauten! Wenn es ein Scheltwort sein soll, dann
seid Ihr Franzosen, die Ihr's geduldet, und zu Recht be=
stehen laßt, und unter Euch bin ich, der Frankreichs Geist
verehrt, der einz'ge Deutsche, denn bei meinem Dir ver=
fallenen Haupte, König! das deutsche Dorf, das mir der
Nachbar rauben wollte, das könnt' er nur mit meinem Leich=
nam haben, für Straßburg aber, unsern stärksten Wall, da
hätt' ich hunderttausend Leben hingegeben, so sehr bin ich
Franzos!

(Buddenbrock und Grumbkow, der näher tritt, gerathen in enthusia=
stische Bewegung, an ihre Degen greifend.)

Grumbkow.

Ein Fürst!

Buddenbrock.

Mein Fürst!

König

(der mit steigendem Beifall zugehört, jubelnd in die Worte ausbrechend).

Das ist mein Sohn! Das ist mein Sohn!

Grumbkow.

Ja wohl!

Müller.

Ja wohl!

Buddenbrock.

Ja wohl! Ja wohl!

Friedrich (kalt).

Es war Ihr Sohn.

Vierte Scene.

Doris (erscheint hinten, von Lerche, der im Hintergrunde bleibt, escortirt). **Die Vorigen.**

König
(mit eindringender Wärme und einen Schritt zum Prinzen gehend).

Da hast Du's ja, das brave Herz, das ich an Dir ver=
mißte! So tief liegt es versteckt! O Fritz, laß Dir's zur
Lehre dienen, was Dir seit gestern widerfahren ist! Nicht
der Geist allein macht den Menschen; der Geist reizt nur,
das Herz erquickt und zeugt, Geist und Herz soll gleichmäßig
entwickelt sein.

Friedrich
(lebhaft schmerzlich und vorwurfsvoll).

Das sagen Sie mir, Vater, nachdem —!

König (schnell und dringend).

Sprich nicht weiter, mein Sohn. Du stündest jetzt nicht
vor dem Könige, wenn ich je aufgehört hätte, Dein Vater
zu sein. Ich habe ein Reich zu verantworten; dann erst
kommt meine Familie. Weißt Du dies Deinem beladenen
alten Vater nicht in Rechnung zu bringen, wen trifft als=
dann der Vorwurf unbilligen, wenn nicht lieblosen Gemüthes?

Friedrich.

Majestät! Strenge begreif' ich, aber — grausam ist
kein Vater.

König (einen Schritt zurücktretend).

Grausam?! — Nein. — Das wäre unchristlich — wäre Unrecht. (Doris wird während dieser Worte einige Schritte herein= geführt von Müller, welcher bisher leise mit ihr gesprochen, und der König erblickt sie bei dem Worte „Unrecht"; ein wenig frappirt davon, sagt er leise:) Das Mädchen! — — (laut) Erledigen wir erst, ob ich Dir in der Hauptsache Unrecht gethan. (streng) Nur wenn dies der Fall, kann von Weiterem die Rede sein. — Komm her, mein Kind.

Doris
(von Müller an der Hand geführt, kommt in der Mitte vor).

König.

Es ist eine wichtige Entscheidung auf Deine Zunge gelegt — Kennt der Kronprinz dieses Blatt? (auf Müller zeigend, der es ihr vorhält.)

Doris.

Ja, Majestät.

König.

Ja!?

Buddenbrock.

Ja!?

Müller.

Ja!?

Grumbkow.

Ja!?

(gleichzeitig in großer Freudigkeit)

König
(zögernd und stotternd, als fürchte er die Antwort).

Hat er — Dir's — dictirt?

Doris
(zögert mit der Antwort).

Friedrich
(ganz leise, da er selbst erschüttert ist).

Die Wahrheit, Dorothee!

König.

Hat er's — dictirt?

Doris (leise).

Nein.

(Allgemeine Enttäuschung, aber ohne Laut — tiefe Stille eines Augenblicks.)

König (schmerzlich flüsternd).

Nein.

Doris.

Aber dies ist eine Zufälligkeit. Er hat Alles, was da steht, mit meinem Vater gewissenhaft erörtert, er billigt von Herzensgrunde den ganzen Inhalt dieses Blattes, er ist kein Kalvinist.

König (lebhaft und gerührt zu Doris).

Gott segne Dich, Kind — ist das wahr, Fritz?

Friedrich
(unter schmerzlichem Kampfe schweigend).

— O Gott!

Doris.

Lassen Sie mich fragen, Majestät, zwischen mir und dem Prinzen ist nicht, was Majestät mir zur Last gelegt, aber zwischen mir und ihm ist Wahrheit.

König (leise).

Frage!

Doris.

Mein Prinz, ist es wahr, was ich behauptet, daß Sie den Inhalt dieses Blattes gekannt und gebilligt, daß Sie kein Kalvinist sind? Ist es wahr, mein Prinz?

Friedrich (die Arme gegen sie aufhebend).

Was thust Du?

Doris.

Ist es wahr, mein Prinz?

Friedrich.

Ja, Dorothee, (mit schwächerer Stimme) es ist wahr.

Müller.

Ja!

Buddenbrock.

Ja!

Grumbkow.

Ja!

Doris.

Ja!

König.

Ja. Gelobt sei Gott, ich finde meinen Sohn wieder!

(Plötzliche Pause. Buddenbrock tritt rechts vorwärts an die Seite, Müller links, Grumbkow rückwärts, so daß Friedrich und Doris allein in der Mitte, der König allein links im Vordergrunde bleiben. Alle sehen auf Friedrich und den König.)

Friedrich

(in tiefer Aufregung sieht vor sich nieder).

König

(unverwandt auf Friedrich blickend, scheint das erste Zeichen und Wort von diesem zu erwarten, und hebt ein wenig die Arme, als Friedrich ihn plötzlich, aber mit unsicherm Blick, ansieht und einen Schritt thut).

Friedrich

(nach diesem Schritte wieder stehen bleibend, stößt unter tiefem Schmerze mit halber Stimme die Worte aus).

Ich kann es nicht vergessen! (und geht einige Schritte nach rechts, also abwärts vom Könige, vor zu Buddenbrock).

Buddenbrock (leise).

Vergessen kann man nicht, aber vergeben.

König

(die Arme sinken lassend und mit dem Haupte Doris winkend).

Komm Du, mein Kind! Dir hab' ich Unrecht gethan. Du hast mir Uebles mit Gutem vergolten. Da hast Du meine Hand! Ich danke Dir.

Doris (indem sie auf Friedrich sieht und ausruft)
O Prinz! (eilt sie zum Könige und küßt ihm die Hand.)

Friedrich (für sich).
Warmherziger Gott, das thut er mir zu Liebe! Er liebt mich doch! und konnte — konnte — Das befehlen!

Eversmann

(tritt ein von rechts, wo er abgegangen, durch den Vorhang).

Die Frau Königin, Majestät, kommt nicht. Die Koffer werden eben geschlossen, die Wagen fahren vor.

Friedrich.

Nein! Nein!

Eversmann.

Nur die Prinzeß Wilhelmine bittet Eure Majestät, den Kronprinzen hinüber zu lassen auf wenig Augenblicke, damit sie — ihren Bruder noch einmal sehn, damit sie Abschied von ihm nehmen könne.

Doris.
O Gott!

Müller.
Weh uns!

Buddenbrock.
Alles verloren!

Friedrich.
Nein, nein! So darf es nicht ergehen, Vater —!

König.

Ich kann's nicht ändern. — Buddenbrock! hilf!

Buddenbrock
(mit zustimmender Pantomime rechts ab durch den Vorhang).

König (ohne sich zu unterbrechen).

Ich kann's nicht ändern. Ich habe gethan, was ich konnte. Unser Haus stürzt krachend zusammen, und — wir Beide tragen die Schuld —

Friedrich.

Oh!

König (ohne sich zu unterbrechen).

Ich, weil ich mich in Dir geirrt, und Dir nicht nur weh' gethan — das war Dir heilsam — nein, weil ich Dir zu Viel gethan —

Friedrich.

Vater!

König.

Du, weil Du Deinen Vater irre geführt, weil Du keine Liebe in Dir findest, Dies einzugestehen, und weil Du mit all' Deinem Geiste die herbe Pflicht eines Königs nicht begreifst —

Friedrich.

Vater, meine Mutter darf nicht fort!

König.

Warum geht sie?! Wegen unsers Zwiespalts. Liegt es an mir, daß er noch besteht?! Du bist frei. Gehe hin= über und halte sie, da Dein Herz so laut für sie redet! — Du zögerst? Freilich würde auch mir dadurch ein Liebes=

dienst erwiesen; denn — ich möcht' es wohl nicht über-
leben — meine Gattin — auf so schreckliche Weise zu
verlieren.

Friedrich
(sehr schmerzlich und rasch, dabei einen Schritt gegen ihn thuend).

O mein Vater, nicht deshalb zögere ich! (für sich) Das
ist die größte Qual, die ich erlebt! Es drängt mich zu ihm,
an seinem Halse zu weinen, und — eisern zerrt mich die
Erinnerung zurück! (In Schmerz ungestüm ausbrechend.) Vater!
Vater! Alle könnten wir noch glücklich sein, wenn (schwächer)
das Eine nicht geschehen wäre!

König (nach ganz kurzer Pause).
Katte.

Friedrich
(zusammenschreckend, sich abwendend und abwehrend).

König (geht schweigend nahe zu ihm).

Tritt mit mir offenen Auges an dies Grab. Sieh zu,
ob meine Wimper zuckt; ich werde sehn, ob Du ein Königssohn. — Von Katte, Leutnant bei meinen Gensd'armen,
rühmte sich vor seinen Kameraden — (leise) Deiner Schwester
Neigung zu besitzen.

Friedrich (schnell und heftig).

Das hätt' er gelogen!

König.

Er hat's. So war seine Art. Fern sei's von mir,
darauf Gewicht zu legen. Du weißt, was er gethan,
weißt, was ich vor'm Kriegsgericht gesprochen, und — giebst
mir Recht.

Friedrich.

Vater!

König.

Du giebst mir Recht. Bist Du zum Herrscher geboren,
so fühlst Du, was den Verräther treffen muß, und giebst
mir Recht. Fürst und Staat verlangen Schutz. — Jetzt
erst kommt die wunde Stelle. Du sagst, er sei Dein Freund,
und ich, Dein Vater, sei unerbittlich gewesen; und hier
frag' ich Dich auf Dein Gewissen, Sohn: war er wirklich
Dein Freund? — Nein. Siehst Du, Du kannst nicht Ja
sagen! — Dennoch hätte ich vielleicht gezögert — um
Deinetwillen! (nahe zu ihm tretend und halblaut sprechend) Da be=
richtete mir Müller, daß er im Gefängnisse, wie man eine
Hand umkehrt — gläubig geworden. Du weißt zu
Deinem Schrecken, wie hoch ich Frömmigkeit verehre, aber,
mein Sohn, sie muß ächt sein. — Und dennoch hätt' ich
ihm vielleicht — die Freiheit nimmer! — aber vielleicht
das Leben geschenkt — Deinetwegen. Warum konnte ich's
nicht? Fritz! Du hast Dich in dem Kampfe benommen
wie ein Mann. Seit der Glaubenspunkt hinweggeräumt
ist, hab' ich kein Recht mehr, zu bestreiten, daß Du nach mir
dies Reich zu regieren hast —

(Grumbkow, Müller, Doris treten einen Schritt herzu, ihre Theil=
nahme an diesem Worte ausdrückend, Friedrich selbst drückt unwillkührlich
eine Genugthuung aus.)

König (ohne sich zu unterbrechen).

Jetzt laß sehen, ob Dein tapferer Widerstand nur Kraft
des Eigensinnes oder königlichen Sinnes war! Ich frage

Dich, den Kronprinzen: Dünkt Dir ein Staat möglich mit
Menschen, wie Katte einer war?!

       Friedrich (zusammenzuckend und für sich).

Meine eigenen Worte!

       König (ohne sich zu unterbrechen).

Jahre lang hab' ich ihn beobachtet und beobachten
lassen. Er war ohne Gott, ohne Treue, ohne Liebe, ohne
Achtung, ohne irgend ein wärmeres Gefühl, welches die
Menschen an einander und an ein Ganzes bindet, ich frage
Dich feierlich, mein Sohn, dünkt Dir mit solchen Menschen
ein Staat möglich? Antworte mir, ich werde jede Antwort
hinnehmen, aber sie wird mir zeigen, ob ich mich abermals
in Dir geirrt.

       Friedrich (für sich).

Ewiger Gott, ich kann nicht antworten.

       König.

Du schweigst?! Du schweigst. Siehst Du, mein Sohn,
durch dieses Schweigen richtest Du den Unglücklichen, wie
ich ihn gerichtet. (Hinweggehend nach links und erschöpft nach der Lehne
seines Sessels greifend.) Und jetzt entscheide Dich!

       Friedrich (ganz leise).

Er hat Recht.

———

Fünfte und letzte Scene.

Buddenbrock. — Die Königin. — Wilhelmine. — Die Vorigen.

Buddenbrock

(aus dem Vorhange rechts tretend, kündigt halblaut an).

Die Königin! (hält dann den Vorhang zur Seite und läßt die beiden Frauen an sich vorüberschreiten).

Königin

(tritt nur einige Schritte vor und ergreift Wilhelminens Hand, als)

Wilhelmine

Mein Bruder! (rufend, auf Friedrich zueilen will. Wilhelmine wird dadurch zurückgehalten.)

Friedrich

(ist bei Buddenbrock's Ankündigung erst rechts zur Seite geeilt, und will nun der Mutter und Schwester entgegen).

Königin

(weis't ihn schon von fern bei seinem ersten Schritte streng mit der Hand zurück).

(Kurze Pause.)

Wozu ein Abschied zwischen starren Herzen!

König.

{ Abschied?!

Friedrich.

{ Abschied?!

König.

Sophie, Du könntest mich verlassen —?

Friedrich.

Mutter!

König.

Meinen Staat hätt' ich erhalten, und meine Familie verloren?!

Königin.

Folgern Sie daraus, was man zuerst erhalten muß.

König.

So heißt des Weibes Spruch. — Nun denn, so suche Jeder sich ein einsam Leben und ein einsam Grab.

Wilhelmine.

Nein! mein Vater!

Friedrich.

Nein, (leise) Vater!

König.

Meine Kinder sagen Nein?! — Sophie, hast Du's gehört?!

Königin.

Von meinem Sohne hör' ich nichts — ihn kümmert's kaum, daß wir zu Grunde gehen!

Friedrich.

Mutter!

König (zu Wilhelmine).

Meine Tochter aber bleibt bei ihrem Vater?

Wilhelmine

(sich losreißend von der Königin und dem Könige zu Füßen stürzend, indem sie dessen Hand ergreift).

Ewig!

Friedrich.

Wilhelmine, Du kannst es?! Du Glückliche!

Wilhelmine

(auf den Knieen bleibend, wendet sich nach Friedrich und streckt die Hand nach ihm aus).

Königin

(während dessen einige Schritte näher tretend zu Friedrich).

Gerechtfertigt, sagt mir Buddenbrock, gerechtfertigt hat er sich vor Dir — mich hat er dessen nie gewürdigt — und Du —!

König (ihr die Hand zustreckend).

Sophie!

Königin (noch einen Schritt zutretend).

Ich kann ihm danken, daß er Dich befreit — (ihre Hand in die dargebotene des Königs legend).

König.

Sophie!
Mutter!
Mutter!

König.

Wilhelmine.

Friedrich.

Königin.

Und Du —?!

(Pause. Alle sehen auf Friedrich. Wilhelmine steht auf, winkt Doris, nimmt sie an der Hand und tritt mit ihr zwischen die Königin und Friedrich.)

Wilhelmine (leise).

Fritz.

Doris (leise).

Ihr Vater wartet, Prinz.

Friedrich

(nach sichtbarem Kampfe, Doris und Wilhelmine mit dem Arme zurückdrängend, indem er sich gegen den König wendet und mit voller Kraft innerer Noth in die Worte ausbricht):

Warum vor meinen Augen, Vater?! Alles, Alles, dies nur weiß ich nicht zu fassen!

15*

König
(aufgeschreckt einen Schritt zutretend).

Vor Deinen Augen?!

Buddenbrock.
So ist's geschehen, Majestät.

König.
Das hab' ich nicht befohlen.

Friedrich
(indem er seinen Hut fallen läßt und die Hände zusammenschlägt).

Ewige Vorsicht, eine Pforte! Vater! — Das haben Sie nicht befohlen?

König.
Nein, mein Sohn! Im Gegentheil: tröstlichen Abschied in Deinem Gefängniß habe ich erlaubt. Es soll der Tod versöhnen, nicht erbittern.

Friedrich.
Gelobt sei Gott! — Und Sie — mißbilligen, mein Vater — wie es geschehen?

König.
Unrecht und sträflich ist's —

Friedrich.
Dank!

König
(ununterbrochen fortfahrend, streng und stark).

Wer hat's befohlen?

Grumbkow
(aus dem Hintergrunde vortretend. Wilhelmine und Doris weichen hinter Friedrich, so daß Grumbkow frei in der Mitte gesehen wird).

Der General Grumbkow hat's gethan.

König.

So wird er dafür einstehen.

Grumbkow (sich verbeugend).

Zu Befehl, Majestät.

Friedrich (mit voller Hingebung).

Dies dank' ich meinem Vater aus meiner Seele Grund.

(Kurze Pause.)

König (herzlich).

Das hättest Du nicht denken sollen, Fritz, von Deinem
Vater.

Friedrich (stürmisch hervorstoßend).

Nein!

(Kurze Pause. Alle treten einen Schritt näher, die volle Aussöhnung
erwartend.)

Buddenbrock
(sich zum Gehen nach hinten rüstend, halblaut).

Prinz!

Königin
(des Königs Hand ergreifend und auf Friedrich blickend, sehr bewegt und
nachdrücklich).

Friedrich, Sie sind ja milder als mein Sohn!

König.

Nein, nein, Sophie, er hat ein Herz, allein es ist —
sehr hart — gönnt seinem Vater nicht das erste Wort!

Friedrich.

Tausend! — Hatte ich meinen Vater nicht verloren?

König.

Niemals!

Buddenbrock

(in großer Erregung, die Hand zum Himmel, sich zum Abgehen wendend und sehr schnell sprechend).

Es hilft der alte Gott! (rasch nach hinten gehend und zum Fenster hinauswinkend. Auf diesen Wink läßt sich erst fern, dann immer näher rückend der Dessauer Marsch hören von der Regimentsmusik des dort unten gedachten Regimentes Golz. Die Musik dauert, niemals das Sprechen betäubend, bis zum Fallen des Vorhanges.)

Friedrich.

Und hätte ihn noch?

(Kurze Pause.)

König

(mit ausgebreiteten Armen, schreiend).

Wo ist mein Sohn?!

(Sie begegnen einander mit erhobenen Armen und umarmen sich.)

Friedrich (in tiefster Rührung).

Mein Vater!

König (desgleichen).

Mein Sohn!

Königin. Wilhelmine. Doris. Müller. Buddenbrock.

Gelobt sei Gott!

König.

Wo ist sein Degen?

Buddenbrock

(der wieder bis zum Arbeitstische vorgekommen, bringt den Degen, freudig).

Hier, mein König!

König (nach hinten deutend).

Es ruft Dein Regiment! (Ihm den Degen reichend.) Nimm ihn, mein Sohn, Du wirst ihn führen zu des Reiches Ehre!

Friedrich (ihn aus der Scheide ziehend).

Wenn's noth thut, gegen die ganze Welt!

(Vor den letzten Worten Friedrich's ist die Königin zwischen Friedrich und den König getreten, die Hände auf die Schulter eines jeden legend. Wilhelmine und Doris sind rechts in den Vordergrund gekommen, Buddenbrock links in den Vordergrund.)

(Der Vorhang fällt.)

www.ingramcontent.com/pod-product-compliance
Lightning Source LLC
Chambersburg PA
CBHW030105030726
47498CB00007B/2260